Xavier de Montépin

Die Marionetten des Teufels

Zweiter Teil

Xavier de Montépin

Die Marionetten des Teufels
Zweiter Teil

ISBN/EAN: 9783744614641

Hergestellt in Europa, USA, Kanada, Australien, Japan

Cover: Foto ©Andreas Hilbeck / pixelio.de

Weitere Bücher finden Sie auf **www.hansebooks.com**

Die
Marionetten des Teufels.

Fünfte Abtheilung:

Jane und Carmen

oder:

Die Doppelgängerinnen.

(Fortsetzung und Schluß von „Die Gitana".)

Von

Xavier von Montépin.

Deutsch
von
A. Kretzschmar.

Zweiter Theil.

Pest, Wien und Leipzig, 1863.
Hartleben's Verlags-Expedition.

Erstes Capitel.

Die Rue de l'Arbre Sec.

Meister Gorju war allerdings ein Spitzbube, aber dennoch kein böser Mensch. Er that das Gute allerdings nur in der Hoffnung, irgendwelchen Nutzen davon zu haben, aber er that das Böse nicht aus Liebe zum Bösen. Wir verlangen dafür keinen andern Beweis als seinen Entschluß, das junge Mädchen, welches er soeben dem Tode entrissen, in seine Wohnung zu tragen, denn die Verlegenheit, welche für ihn daraus hervorgehen mußte, war gewiß und der Lohn außerordentlich zweifelhaft.

Gorju, der von der Last seiner feuchten Netze weit mehr gebeugt ward als von dem leichten Körper Jane's, kam langsam an seinem Hause an, dessen Thür er mit Hilfe eines Schlüssels öffnete, den er stets bei sich führte.

Er zündete eine Lampe an, weckte seine Magd, welche seinem Rufe mit offenkundiger Unlust gehorchte, und bereitete eine Art Bett in dem an das Hauptzimmer der Kneipe stoßenden kleinen Cabinet, wo wir den Baron von Kerjean dem Lieutenant Baudrille eine Audienz haben geben sehen.

Auf dieses Bett ward die Wahnsinnige gelegt, nachdem sie durch die Magd von ihren triefenden Kleidern befreit worden, und Gorju, der in der Kunst, die Ertrunkenen wieder ins Leben zurückzurufen, sehr erfahren war, brachte ohne Verzug die in solchen Fällen gebräuchlichen Mittel in Anwendung.

Seine Bemühungen wurden von einem raschen und vollständigen Erfolge gekrönt. Jane von Simeuse athmete zwei- oder dreimal. Sie schlug die Augen auf und murmelte mit kaum vernehmlicher Stimme die wenigen Worte, welche sie jetzt auszusprechen gewohnt gewesen:

»René — meine Mutter.«

Gorju rieb sich die Hände.

»Sie spricht von ihrer Mutter,« sagte er bei sich selbst. »Folglich muß sie eine Familie haben. Ich wollte darauf wetten, daß dieses schöne Mädchen in Folge einer unglücklichen Liebe ins Wasser gesprungen ist. Sie machen es allemal so, diese jungen Närrinnen. Ihr Geliebter heißt René — so viel ist gewiß. Der Teufel müßte darin sitzen, wenn die Eltern einem ehrlichen Fischer wie mir, der ihr Kind mit Gefahr seines eigenen Lebens gerettet, nicht wenigstens zehn Thaler geben wollten.«

Um sich sofort zu überzeugen, ob seine Voraussetzungen gegründet wären, begann Gorju die Gerettete auszufragen.

Diese gab jedoch keine Antwort und schien ihn nicht einmal zu hören. Sie hatte die Augen wieder geschlossen und zitterte an allen Gliedern.

»Ihre Gedanken sind noch ein wenig verworren,« sagte Gorju bei sich selbst; »es ist das auch ganz natürlich. Man schwimmt nicht so weit auf dem Wasser, ohne daß dadurch das Gehirn erschüttert würde. Ich werde ihr einen guten Trank beibringen und sie dann schlafen lassen. In dem Zustande, in welchem sie sich jetzt befindet, ist der Schlaf für sie das Allerbeste.«

Der Trank, von welchem der Fischer und Schenkwirth gesprochen, war ganz einfach ein Glas Branntwein, welches er Jane Tropfen um Tropfen und beinahe mit Gewalt einflößte. Der Branntwein besaß seiner Meinung nach wunderbare Eigenschaften. Er betrachtete denselben als eine Universalmedicin, als ein Mittel gegen alle Uebel.

Dann breitete er warme Decken über den Körper der armen Wahnsinnigen, die ihren Kopf zurücksinken ließ und in tiefen Schlaf fiel.

»Eine gute Nachtruhe wird ihr wieder auf die Füße helfen,« murmelte Gorju; »sie fröstelt jetzt schon weniger. Morgen Früh wird sie von ihrer Wasserfahrt in dieser Nacht nicht mehr empfinden, als ob die Seine nicht unter dem Pont Neuf hinwegflöße.«

Mit diesen Worten schickte er sich an, sich ebenfalls auf die Matraze zu werfen, die ihm als Bett diente.

»Ach, Meister,« sagte die Magd in dem Augenblicke, wo er sich entfernen wollte, »eben fällt mir ein, daß ich etwas an Euch auszurichten habe.«

»Nun, so sag' es mir, Gothon.«

»Es war vorhin, als ich schon zu Bette gegangen war und in tiefem Schlaf lag. Jemand da, der laut anpochte.«

»Oeffnetest Du?«

»Ja, aber nicht die Thür, sondern das Dachfenster.«

»Was wollte man denn?«

»Man fragte nach Euch.«

»Wer denn?«

»Ein Mann, welcher sagte, ich solle Euch sagen, er

4

wäre Coquelicot und habe im Auftrage des Meister Da= vid mit Euch zu sprechen.«

»Das war Alles?«

»Nein, es war noch nicht Alles. Der Mann sagte auch noch, ich sollte Euch sagen, er würde morgen wieder kommen.«

»Gut.«

Gorju verschloß die Thür und legte sich nieder, sehr erfreut über den Gedanken, daß Meister David seiner be= dürfe, denn er wußte aus Erfahrung, wie freigebig Mei= ster David war.

Am nächstfolgenden Tag bei guter Zeit ging der Fi= scher und Weinhändler in das Parterrezimmer hinunter. Er fand Jane wach, und richtete an sie dieselben Fragen wie am Abende vorher, ohne ihr aber etwas Anderes entlo= cken zu können, als abgebrochene, unzusammenhängende Worte.

Gorju, der anfangs nicht ahnte, daß er es mit einer Wahnsinnigen zu thun habe, glaubte, sie wolle ihm nicht antworten, und um sie zum Reden zu zwingen, erging er sich in Drohungen mit harten Worten und in lautem, hef= tigem Tone.

Die sofortige Folge dieser brutalen Sprache war, daß dadurch eine jener Krisen herbeigeführt ward, welchen das unglückliche Kind unterworfen war.

Ihr Gesicht verzerrte sich. Ein Thränenstrom ent= stürzte ihren Augen und ihre Züge gaben eine solche Angst und so vollständige Verstörtheit zu erkennen, daß Gorju trotz seiner Rohheit von Mitleid ergriffen ward und bei=

nahe das unermeßliche Unglück errieth, welchem er hier
gegenüberstand.

»Sollte sie wirklich den Verstand verloren haben?«
fragte er sich. »Sie sieht mir ganz so aus, und das wäre,
meiner Treue, sehr Schade — um so mehr,« setzte er nach
Verlauf eines Augenblicks hinzu, »als sie, wenn sie ganz
wahnsinnig ist, mir keine Auskunft über sich wird geben
können und mir dann nichts übrigbleiben wird, als den
schönen Thalern, auf die ich rechnete, gute Nacht zu sagen.«

Indem Gorju dies sagte, versuchte er Fräulein von
Simeuse durch sanfte Worte und durch einen liebkosenden
Ton zu beruhigen, aber es gelang ihm nicht. Die Angst
der Armen schien sich zu verdoppeln, anstatt sich zu ver=
mindern. Sie sprang aus dem Bette, wickelte die Decke
wie einen langen, wallenden Mantel um sich herum, und
kroch in den dunkelsten Winkel des Zimmers, indem sie
unarticulirtes Geschrei und dumpfe Worte ausstieß.

Der in seiner Erwartung sehr getäuschte Schenkwirth
verließ das Zimmer, in welchem Jane fortfuhr zu weinen
und zu ächzen. Er war in sehr ärgerlicher Laune, und
murrte vor sich hin:

»Ich wollte, mein Fund wäre beim Teufel! —
Warum mischte ich mich in etwas, was mich nichts anging?
Ein andermal werde ich die Leute sich ersäufen lassen, wie
es ihnen beliebt! — Da habe ich mir nun mit dieser Wahn=
sinnigen eine schöne Last auf den Hals geladen.«

Die Ankunft zweier oder dreier Gäste, welche ge=
sonnen waren, eine tüchtige Anzahl Schoppen von
jenem bei dem gemeinen Volke von Paris so beliebten
säuerlichen weißen Wein zu consumiren, zog Gorju von

seinen betrübenden Betrachtungen ab. Er begann mit den Trunkenbolden, welche so frühzeitig dem Bacchus zu opfern kamen, anzustoßen und es dauerte nicht lange, so dachte er nicht mehr an seine getäuschten Erwartungen.

Gegen Mittag beauftragte er Gothon, die Magd, der Unbekannten etwas zu essen zu bringen. Nach Verlauf von einigen Minuten kam die dicke Magd ganz erschrocken wieder herab und rief:

»Sie will nicht essen, Meister — und sie ist toll — so toll, daß man sie binden möchte. Um Gottes willen, was sollen wir mit ihr anfangen? Ich gehe nicht wieder zu ihr hinein — ich fürchte mich vor ihr.«

»Beruhige Dich, beruhige Dich,« entgegnete Gorju. »Wir werden uns ihrer zu entledigen wissen.«

»Nun, dann wollen wir es doch sofort thun.«

»Gedulde Dich ein wenig, Gothon. Ich habe nicht den Muth, diese Unglückliche aus dem Hause zu stoßen — sie würde sofort wieder ins Wasser laufen. Es gibt in Paris eine Menge Hospitäler, wo Wahnsinnige aufgenommen und gut behandelt werden. Ich werde meine Anzeige machen und man wird uns diesen Dorn aus dem Fuße ziehen.«

»Na, meinetwegen. — Aber wann werdet Ihr gehen?«

»Noch ehe es Abend wird, das verspreche ich Dir.«

»Nun, dann verschließt bis dahin wenigstens die Thür und steckt den Schlüssel in die Tasche. Ich habe von Leuten, die es verstanden, erzählen hören, daß die Wahnsinnigen manchmal sehr bösartig sind und irgend Jemanden den Hals umdrehen, ohne zu wissen warum.«

»Ach, Du bist ja viermal stärker als dieses arme

Mädchen, Gothon — Du würdest sie mit dem kleinen Finger über den Haufen werfen.«

»Das kann man nicht wissen — das kann man nicht wissen. — Die Verrückten, wißt Ihr, besitzen zuweilen eine Kraft, die man ihnen nicht ansieht.«

Gorju zuckte die Achseln, gehorchte aber seiner Magd, wie ein guter Herr thun muß, und verschloß die Thür.

Er hatte, wie wir ihn soeben sagen gehört, sich fest vorgenommen, die Sache noch denselben Tag bei der Behörde anzuzeigen. Aber der Mensch denkt und die Trinker lenken. Ein zahlreiches Publicum füllte ohne Unterbrechung das Wirthshaus der Rue de l'Arbre Sec, und Gorju, der unaufhörlich in seinen Keller hinunter mußte, um Flaschen und Krüge zu füllen und den Kunden hinaufzutragen, sah sich in die Unmöglichkeit versetzt, das Haus zu verlassen.

Gothon ihrerseits hatte vollauf mit der Bereitung gewisser beliebter Gerichte, wie zum Beispiel Eierkuchen mit Speck, gebackene Schleien und Matelotte mit Zwiebeln, zu thun, welche von den Gästen verlangt wurden, deren Appetit durch den Wein von Argenteuil und Suresnes gereizt ward.

Der Abend kam. Des Abends ward, wie wir wissen, dieses Wirthshaus von einer ganz besonderen Classe von Gästen besucht. Diese, welche aus ähnlichen Elementen zusammengesetzt waren wie die Bande der Bewohner des Bogens der Notre Dame-Brücke und die Stammgäste der Herberge »zum Bockshorn«, machten mehr Lärm als Aufwand und weigerten sich sehr oft, die geleerten Flaschen und die zerbrochenen Krüge zu bezahlen.

Gorju liebte dieses Publicum nicht, sondern fürchtete

es vielmehr, aber er duldete es auf außerordentlichen Be=
fehl des Meister David, auch Baron von Kerjean genannt.

Gorju's Wirthshaus war nämlich eine jener Maus=
fallen — wir entlehnen dieses Wort dem Wörterbuche der
Polizei — wo Luc unter dem Namen des Meister David
zuweilen Recruten für den furchtbaren Bund der Camera=
den von der Fackel suchte.

Gleich nach Einbruch der Nacht füllte sich das große
Zimmer mit unheimlichen Gesichtern und man hörte aus
Aller Munde die Gutturaltöne und seltsamen Endungen
der alten Gaunersprache.

An diesem Abende ward die Versammlung noch zahl=
reicher als gewöhnlich. Gegen hundert Männer mit Gal=
genphysiognomien und in schmutziger, zerlumpter Kleidung
hielten alle Tische des Wirthshauses mit Ausnahme eines
einzigen besetzt. Die Dünste des Weines und der groben
Speisen mischten sich mit dem Rauche der Tabakspfeifen
und machten die Atmosphäre widerlich und zum Athmen
untauglich.

»Eine ausgewählte Gesellschaft, auf mein Wort!«
sagte Gorju mit augenscheinlicher Ironie bei sich selbst.
»Coquelicot könnte zu gar keiner gelegeneren Zeit kom=
men. Hier findet er seine Leute. Es sind lauter Schurken und
Banditen seines Schlages.«

In demselben Augenblicke öffnete sich die Thür.

»Da kommt er ohne Zweifel!« dachte Gorju.

Er irrte sich.

Zu seiner großen Ueberraschung und zum Erstaunen
aller Gäste dieser Spelunke war es ein Weib, welches
eintrat.

Diese elend gekleidete Frau stützte sich auf einen weißen Stab und schien sich nur mit Mühe aufrecht zu erhalten. Ihr Gesicht konnte man nicht sehen, denn es ward durch einen dichten Schleier verhüllt.

„Die kenne ich nicht," murmelte Gorju. „Es ist das erste Mal, daß sie hierherkommt. Wenn sie unter allen diesen Strolchen sitzen bleibt, so muß sie nicht wenig Courage haben."

Die Eintretende wich nicht zurück. Auf der Schwelle stehend, ließ sie ihre Blicke in dem niedrigen Zimmer umherschweifen und suchte sich ohne Zweifel zu überzeugen, ob noch Platz für sie da sei.

Nicht weit vom Eingange sah sie den noch unbesetzten Tisch. Mühsam schleppte sie sich bis an denselben und setzte sich, oder ließ sich vielmehr auf die an der Wand befestigte hölzerne Bank niedersinken.

Gorju näherte sich ihr sofort.

„Was wünscht Ihr?" fragte er sie.

„Ich habe Hunger," murmelte die Unbekannte in dumpfem Tone; „gebt mir zu essen, was Ihr habt."

„Verlangt Ihr auch Wein?"

Die Verschleierte machte eine bejahende Geberde.

Das Costüm der neuen Kunde flößte dem Schenkwirth gerade kein Vertrauen ein.

„Ihr dürft es mir nicht übelnehmen," sagte er, „wenn ich Euch bemerklich mache, daß hier kein Credit gegeben wird. Habt Ihr Geld?"

„Ja!"

„Man pflegt hier vorauszubezahlen."

Die Verschleierte suchte in ihrer Tasche und warf einen Drei-Livresthaler auf den Tisch.

„Ich werde Euch wieder herausgeben, sobald Ihr gegessen habt,“ sagte Gourju, indem er das Silberstück in die Tasche steckte; „ich werde Euch sogleich das Gewünschte bringen.“

„Ja, ja, aber beeilt Euch — ich sage Euch nochmals, daß ich halbtodt bin vor Hunger.“

Nach Verlauf von einigen Minuten brachte der Schenk= wirth der Unbekannten einen irdenen Teller, von welchem ein ziemlich verlockender Duft aufstieg. Dann brachte er noch ein Stück schwarzes Brod und ein kleines Maß Wein und rief:

„Das wird Euch wohl schmecken! Ich glaube nicht, gute Frau, daß Ihr alle Tage eine so gute Abendmahlzeit habt!“

Die Unbekannte schwieg und begann gierig zu essen, ohne den Schleier zu heben, der ihr Gesicht bedeckte.

Gorju hörte auf sich um sie zu bekümmern.

Diese Frau war, wie wir wohl kaum zu sagen brau= chen, Perine.

Seit dem vorigen Tage früh, seit ihrem Zusammen= treffen mit der Herzogin von Simeuse in dem Hause der Mutter Ursula hatte die Goule die Stadt Paris nach allen Richtungen durchstrichen, um Jane zu suchen, welcher sie jeden Augenblick zu begegnen hoffte. Sie ging unaufhör= lich und mit raschem Schritt, hielt die Vorübergehenden an, um sie auszufragen, wendete sich an die Eckensteher, indem sie ihnen das Gesicht und die Tracht des jungen Mädchens beschrieb, erhielt aber nirgends Aufschluß.

Auf diese Weise war für sie der vorige Tag vergan= gen. Kaum hatte sie sich während der Nacht einige Stun=

den Ruhe gegönnt, und mit Tagesanbruch wieder ihre Wanderungen begonnen, deren Resultat, wie wir im Voraus wissen, nicht anders als negativ sein konnte.

Als der Abend kam, gesellte sich die Ermüdigung oder vielmehr die totale Erschöpfung zu der tiefen Entmuthigung, welche auf Perine lastete. Unaufhörlich unterwegs, hatte sie weder Nahrungsmittel, noch Ruhe genossen. Ihre Schwäche ward außerordentlich, ihre geschwollenen Füße weigerten sich, sie länger zu tragen — sie taumelte — sie war nahe daran umzusinken.

In diesem Augenblicke schleppte sie sich die Mauern der Rue de l'Arbre-Sec entlang, und sah das Aushängeschild Gorju's.

»Ich kann eben so gut hier rasten, als ein wenig weiterhin bewußtlos niedersinken,« sagte sie bei sich selbst.

»Ein wenig Nahrung wird mir ohne Zweifel wieder Kraft und Muth geben.«

Ohne Zögern trat sie daher ein, und wir sind Zeugen des Eindrucks gewesen, welcher durch den Eintritt einer Frau in die von Banditen angefüllte Spelunke hervorgerufen worden.

Seltsam! — Die Goule hätte mit Freuden die Hälfte ihres Lebens darum gegeben, wenn sie Jane wiedergefunden hätte, denn die wiedergefundene Jane war für sie Rache und Reichthum. Nun aber führte der Zufall sie bei der Hand nehmend in dieses verdächtige Haus, wo hinter einer dünnen Breterwand das unglückliche Kind lag, welches sie vergebens verfolgte und dessen Nähe sie nicht ahnen konnte.

Noch seltsamer vielleicht aber war es, daß auch Co-

quelicot in dieses selbe Haus kommen sollte — Coquelicot,
der Sclave Kerjean's. Wenn dieser Elende die arme Wahn=
sinnige erblickte, so erfuhr der Baron noch ehe die Nacht
zu Ende ging, daß ein Wesen, welches seiner Schilderung
auf das Genaueste glich, sich in Gorju's Hause befand. Ker=
jean durchschauete sicherlich sofort Alles — die Wahnsin=
nige war diesmal unwiederruflich verloren, und das in dem
rothen Hause begonnene Werk der Hölle ward dann sicher=
lich unverweilt und ohne Hinderniß zu Ende geführt.

*   *
*

Die Thür des Wirthshauses öffnete sich zum zweiten
Male und der in die malerischen Lumpen, welche er seit dem
gestrigen Tage wieder angelegt, drapirte Kehlabschneider
trat, mit seinem großen Filz auf dem Kopfe und seinem
langen Hieber an der Seite, majestätisch herein.

»Guten Abend, Cameraden, guten Abend,« sagte er
in gönnerhaft vertraulichem Tone; »ich freue mich, hier
eine gute und zahlreiche Gesellschaft zu finden. Gorju, mein
wackerer Freund, steig in den Keller hinab, suche im guten
Winkel hinter den Reisbündeln und bringe uns alten, guten
Wein und zwar viel herauf. Geh schnell und komm noch
schneller wieder. Es ist heute ein durstiger Abend und ich
werde bezahlen.«

Der Schenkwirth verschwand augenblicklich.

Als die Goule Coquelicot's Stimme hörte, zuckte sie
zusammen und betrachtete das Gesicht des Banditen mit
forschendem Blick.

»Diesen Menschen kenne ich,« murmelte sie endlich.
»Dieser Mensch war einmal im rothen Hause. — Dieser
Mensch gehört zu Kerjean.«

Zweites Capitel.

Ein Theatercoup.

„Ja, ja," wiederholte Perine bei sich selbst, immer fester überzeugt, „ich weiß es ganz bestimmt — dieser Mensch gehört zu Kerjean."

Von dieser Minute an heftete sie ihre Blicke mit unermüdlicher Hartnäckigkeit auf Coquelicot's Gesicht, belauerte seine Geberden und lauschte auf jedes Wort, welches aus seinem Munde kam.

Gorju erschien wieder mit zwei Körben, die mit Flaschen gefüllt waren, welche sofort unter die Anwesenden gleichmäßig vertheilt wurden. — Der Wein war gut, und Coquelicot erntete dafür von allen Seiten den innigsten Dank.

Nur Perine hatte den Wein zurückgewiesen, welchen Gorju ihr einschenken wollte. Sie vereinte daher auch nicht ihre Stimme mit denen, welche die Freigebigkeit des Gebers priesen.

„Wer ist dieses Weib?" fragte Coquelicot den Schenkwirth leise, indem er auf die Goule zeigte.

„Ich kenne sie nicht," antwortete Gorju. „Sie ist heute Abend zum ersten Male hier."

„Kannst Du sie nicht fortgehen heißen?"

„Nein, das ist unmöglich — sie ißt — sie hat im Voraus bezahlt."

»Nun, dann trage wenigstens ihr Essen in das kleine
Hinterstübchen.«

Der Schenkwirth schüttelte den Kopf.

»Das kann eben so wenig geschehen,« sagte er.

»Warum nicht?«

»Weil Jemand darin ist.«

»Wer denn?«

»Eine Wahnsinnige.«

»Du willst mich wohl zum Besten halten?« rief Co=
quelicot mit beleidigter Miene.

»O, das fällt mir nicht ein. Ich sage Euch, so wahr
ich Gorju heiße, nichts als die lauterste Wahrheit. Es ist
wirklich eine Wahnsinnige in dem Stübchen «

»Aber wie kommt es —«

»Na, laß' das nur gut sein; ich wollte eine gute
That üben, aber sie ist mir nicht gelungen.«

»Ha! ha! ha!« lachte der Bandit höhnisch; »Du
willst anfangen gute Thaten zu üben? Das ist ja die ver=
kehrte Welt! — Nichtsdestoweniger schenke ich deiner Be=
kehrung meinen ganzen Beifall. Cultivire die Tugend,
alter Freund, wenn es Dir Spaß macht, und lassen wir
deine Wahnsinnige in ihrem Stübchen. Ich werde warten,
bis diese Hexe, die ihr Gesicht so gut verbirgt, mit ihrer
elenden Mahlzeit fertig ist, und sich ihrer Wege packt.«

Coquelicot und Gorju hatten, wie wir wissen, ganz
leise gesprochen, aber die Goule horchte mit jener gespann=
ten Aufmerksamkeit, welche die Fähigkeit der Gehörorgane
verzehnfacht. Allerdings entging ihr ein Theil der zwischen
den beiden Männern gewechselten Worte, aber dennoch

erhaschte sie einige und mit Hilfe dieser errieth sie das
Uebrige.

Sie bedurfte ihrer ganzen ungeheuren Willenskraft
und ihrer ganzen Selbstbeherrschung, um ihre Gemüths=
bewegung zu bemeistern und zu verhehlen, als sie zweimal
von der Wahnsinnigen reden hörte.

Ein plötzlicher Instinct sagte ihr, daß von Jane von
Simeuse die Rede sei — sie zweifelte keinen Augenblick
daran — gleich bei den ersten Worten fühlte sie sich davon
überzeugt.

Deshalb wollte sie um jeden Preis im Wirthshause
bleiben, während Coquelicot — dies war offenkundig —
mit Ungeduld auf ihre Entfernung wartete und ohne Zwei=
fel nicht lange Bedenken trug, sie mit Gewalt zu vertrei=
ben, wenn ihre freiwillige Entfernung zu lange auf sich
warten ließ.

Was sollte sie beginnen?

Mit jener Schnelligkeit des Entschlusses, welche ihr
in ihrem fluchwürdigen Leben so viele gute Dienste gelei=
stet, faßte sie einen Entschluß von ungeheurer Kühnheit,
und setzte, ohne zu zögern, Alles auf's Spiel.

Sie stand von ihrem Platze auf, näherte sich Coquelicot,
auf dessen Arm sie ihre Hand legte und murmelte, indem
sie ihrer Stimme einen Dämpfer aufsetzte: »Ich habe ein
feines Ohr, Meister, und kann Euch, wenn Ihr wollt,
Alles wiederholen, was Ihr eben sagtet. Ihr kennt mich
Allerdings nicht, aber Ihr thut unrecht daran, wenn Ihr mir
mißtraut. Ich gehöre zu den Leuten, in deren Gegenwart
man ohne Furcht sprechen kann. Fragt nur den Baron von
Kerjean, den Herrn des Teufelshotels. Dieser kennt mich

recht wohl, und wenn er hier wäre, so würde er Euch sagen, was ich bin und ob man mir trauen kann.«

»Ihr kennt den Baron?« rief Coquelicot ganz verblüfft.

»Ja wohl kenne ich ihn und ich kenne auch Euch, seinen treuen Diener.«

Perinens Keckheit hatte einen Erfolg, der ihre Erwartungen übertraf. Der Bandit verlangte nichts weiter zu wissen, sondern erklärte sich zufriedengestellt.

»Da die Sache so steht,« sagte er, »so setzt Euch nur wieder, Alte, und nehmt Euch Zeit. Man wird sich euretwegen nicht weiter geniren.«

Perine nahm, vor Erwartung zitternd, wieder Platz auf der Bank und that, als ob sie in ihrer Mahlzeit weiter fortführe; in der That aber aß sie nicht mehr. Die Heftigkeit der verhaltenen Gemüthsbewegungen hatte ihr den Appetit geraubt.

Coquelicot beanspruchte, ohne länger zu warten, die Aufmerksamkeit seiner Zuhörer und hielt ihnen einen kleinen Vortrag, der in jeder Beziehung dem glich, welchen er am Abend vorher an die Stammgäste der andern Vagabundenherberge gerichtet. Er schloß seine Rede ebenso auch jetzt mit dem Versprechen einer Belohnung von 25 Louisd'or für den, welcher den Aufenthalt des Marquis René von Rieux entdecken würde.

In dem Augenblicke, wo die Goule diesen Namen hörte, zuckte ein Blitz aus ihren Augen.

»Ha!« sagte sie in ihrer innersten Seele, »welcher Gedanke erwacht da plötzlich in mir! — Luc von Kerjean läßt den Marquis von Rieux suchen, um ihn zu ermorden

— ich dagegen werde ihn suchen, um ihn zum Bundesgenossen meiner Rache zu werben, die er vollständig zu
machen wissen wird. Er ist Edelmann — er ist reich — er
ist mächtig — er argwohnt schon, daß die Baronin von
Kerjean nur eine falsche Jane von Simeuse ist. Wenn er
Alles wissen wird, was ich ihm mittheilen kann, wenn er
die Beweise, die ich ihm liefern kann, in den Händen hat,
dann braucht er nur zu wollen, um Kerjean zu zermalmen
und er wird es wollen denn er muß seinen Nebenbuhler
ebenso tödtlich hassen, wie ich ihn hasse!«

Während Perine so mit sich sprach, begann Coquelicot
mit der Vertheilung von Goldstücken. Jeder der anwesenden
Gäste bekam eines als Abschlagszahlung. Bei der Goule
blieb der Bandit ebenfalls stehen, legte einen Louisd'or
vor sie auf den Tisch und sagte:

»Da habt Ihr auch einen.«

»Ich danke,« murmelte sie, unheimlich und spöttisch
unter ihrem Schleier lächelnd; »ich danke, Meister — der
Baron soll gut bedient werden.«

Gleichzeitig dachte sie:

»Kerjean bezahlt mich dafür, daß ich ihn verrathe —
Dank, Kerjean!«

Coquelicot hob wieder an:

»Wie, Alte, Ihr wollt auch mit suchen wie die andern? Ihr versprecht es?«

»Ja,« entgegnete Perine; »das heißt, die Andern
werden suchen, aber ich werde finden.«

»Zum Teufel! Welche Dreistigkeit! — welches Selbst-
vertrauen!«

»Sagt vielmehr: welche Gewißheit, und Ihr werdet den richtigen Ausdruck getroffen haben.«

»Habt Ihr denn Gründe, zu vermuthen, daß es Euch eher gelingen werde als allen Anderen?«

»Ja, ich habe die besten Gründe von der Welt und einer davon — und zwar der nicht am wenigsten haltbare — ist, daß ich in dieser Gesellschaft ohne Zweifel die Einzige bin, welche den Marquis von Rieux kennt.«

»Ha, Ihr kennt also alle Welt?«

»So ziemlich. Wenn euer ehemaliger Freund, der Lieutenant Baudrille, nicht unglücklicher Weise todt wäre, so würde er sich beeilen, es Euch zu sagen.«

»Dieses Weib hat den Teufel im Leibe!« rief Coquelicot lachend. »Ich fange beinahe auch an zu glauben, daß Ihr zuerst die Aufgabe lösen werdet, und zum Beweis meiner guten Meinung von Euch schenke ich Euch hiermit noch einen Louisd'or.«

»Ich danke,« wiederholte Perine, »Ihr sollt mir dieses Geld nicht umsonst bezahlt haben.«

Die Arbeit des Banditen war für diese Nacht noch nicht beendet. Er mußte noch mehrere ähnliche Spelunken besuchen und noch anderweite Spione in Sold nehmen. Deßhalb verließ er das Wirthshaus in der Rue de l'Arbre-Sec, nachdem er Gorju den gelieferten Wein freigebig mit drei Goldstücken bezahlt.

Mit fieberhafter Ungeduld wartete Perine, bis Coquelicot's klirrender Tritt in der Ferne verhallte. Sobald sie die Ueberzeugung erlangt, daß er nicht wieder zurückkommen würde, dachte sie an weiter nichts, als sich auf's Schnellste die Gewißheit zu verschaffen, daß die Wahnsinnige, von

welcher sie den Schenkwirth mit dem Banditen hatte spre=
chen hören, wirklich Jane von Simeuse sei.

Sie winkte Gorju sich ihr zu nähern.

»Ihr seid fertig mit eurem Essen,« sagte der Ge=
rufene, »und Ihr wollt euer kleines Geld. — Das ist nicht
mehr als billig. Ihr gabt mir drei Livres, folglich bekommt
Ihr einunddreißig Sous heraus — hier sind sie. Ha, ha,
Alte!« setzte er lachend hinzu, »Euch hat euer Glücksstern
heute Abend hierhergeführt. Ihr verlaßt mein Haus reicher,
als Ihr es betreten. So etwas passirt nicht alle Tage,
welche Gott werden läßt, und schöne ganz neue Louisd'or
findet man gewöhnlich nicht auf der Straße. Was meint
Ihr dazu, Alte?«

»Ich bin in dieser Beziehung ganz derselben Meinung
wie Ihr,« antwortete Perine. »Zwei Louisd'or sind ein
hübsches Sümmchen für eine arme Frau wie ich, aber den=
noch würde ich sie gerne dem anbieten, der mich aus der
großen Verlegenheit zöge, in der ich mich befinde.«

»Kann ich Euch nicht vielleicht herausziehen?« fragte
Gorju lebhaft.

»Ich glaube es.«

»Und Ihr würdet mir das Geld geben?«

»Ja wohl, mit der größten Bereitwilligkeit.«

Die kleinen Augen des Schenkwirthes funkelten vor
Habgier.

»Ich stehe Euch zu Diensten,« entgegnete er. »Erklärt
Euch näher. Um was handelt es sich?«

»So eben,« sagte die Goule, indem sie ihre Blicke
auf das Gesicht des Schenkwirths richtete, »so eben spracht

Ihr von einer Wahnsinnigen, wenigstens glaubte ich so etwas zu hören. Sollte ich mich geirrt haben?«

»Nein, Ihr habt Euch durchaus nicht geirrt — ich sprach davon und spreche wieder davon. Kennt Ihr vielleicht diese Wahnsinnige?«

»Vielleicht. Gestern Morgens entfloh eine arme Geisteskranke, ein meiner Obhut und Pflege anvertrautes schönes junges Mädchen aus meinem Hause. Von diesem Augenblicke an suche ich sie in ganz Paris, ohne mir eine Stunde Ruhe zu gönnen, und diese unaufhörlichen Nachforschungen haben mich so vollständig erschöpft, daß ich heute Abend beinahe ohnmächtig vor eurer Thür niedergesunken wäre.«

»Ha, zum Teufel!« rief Gorju, »was Ihr mir da sagt, freut mich nicht wenig! Eure Wahnsinnige und meine Wahnsinnige müssen ein und dieselbe sein. Euch ist die eurige gestern Früh entsprungen und ich habe die meinige gestern Abend gefunden. Seht Ihr, wie das Alles zusammenpaßt? Wie sieht sie denn aus, euer junges Mädchen?«

»Es ist ein Kind von zwanzig Jahren.«

»Sehr richtig — älter kann sie nicht sein.«

»Sie ist sehr weiß und sehr bleich, hat große schwarze Augen und langes schwarzes Haar,« fuhr Perine fort.

»Ihr zeichnet ihr Porträt so genau, daß ich sie zu sehen meine.«

»Gestern trug sie einen wollenen weiß und schwarz gestreiften Rock und ein Mieder von demselben Stoffe. Trifft das auch?«

»Ja wohl? versteht sich! Der Rock hängt neben dem Bett, um zu trocknen. Das Mieder ebenfalls.«

»Wenn das gute Mädchen spricht,« fuhr die Goule fort, »und sie spricht sehr selten — so hört man von ihr fast weiter nichts als die Worte: »René — meine Mutter.«

Gorju klatschte hocherfreut in die Hände.

»Kein Zweifel mehr, sie ist es!« rief er. »Welch' ein Zufall! welch' ein Zufall! — Mit dem größtem Vergnügen werde ich sie Euch wieder zustellen. Ach, meine würdige Frau, da Euch so viel an diesem Kinde liegt, so könnt Ihr mir nur immer eine tüchtige Wachskerze anzünden. Wißt Ihr, wo ich eure Wahnsinnige gefunden habe?«

»Wie soll ich das wissen?«

»Mitten in der Seine, wo sie schon mehr als drei Viertel todt war. Ich fischte sie kurz vor Mitternacht mit Gefahr meines eigenen Lebens heraus. Ich bin stets bereit mein Leben aufs Spiel zu setzen, wenn es gilt, ein verdienstliches Werk zu üben. Ich kann mir einmal nicht helfen. — Ihr sehet daher, daß ich eure beiden Louisd'or redlich verdient habe und daß Ihr sie mir zu geben verbunden seid.«

»Da sind sie,« sagte Perine außer sich vor Freuden. »Schnell, schnell, gebt mir mein armes Kind wieder, welches ich schon niemals wiederzusehen fürchtete. Ach, wie will ich sie umarmen! Beeilen wir uns! beeilen wir uns!«

»Es liegt mir eben so viel daran als Euch,« entgegnete Gorju, indem er die beiden Goldstücke in die Tasche steckte, aus welcher er sodann den Schlüssel zu dem finstern Cabinet zog. »Kommt, meine gute Frau, ich will Euch das gute Mädchen zurückgeben und nichts wird Euch abhalten, sie sofort mit Euch fortzuführen.«

»Endlich!« murmelte Perine, indem sie hinter Gorju hereilte, welcher durch die Gaststube schritt. »Jane ist mein — die Zukunft gehört mir und Kerjean ist verloren!«

Der Triumph der Goule war von kurzer Dauer.

Gerade in dem Augenblicke, wo Gorju den Schlüssel ins Schloß stecken wollte, öffnete sich plötzlich die in den kleinen Garten hinausführende Thür und drei Männer traten ein.

Einer derselben trug eine blau und rothe Militäruniform mit goldenen Treffen, einen ebenfalls mit Goldtreffen besetzten dreieckigen Hut, einen langen Stock mit goldenem Knopf und den Degen an der Seite. Die beiden andern waren vom Kopf bis zum Fuße schwarz gekleidet.

Hinter ihnen in dem Halbschatten gewahrte man undeutlich Uniformen und Musketen.

»Im Namen des Königs! Daß Niemand sich von der Stelle rühre!« commandirte der Goldbetreßte mit Donnerstimme.

Ein auf eine Schaar Sperlinge herabstoßender Sperber kann die armen kleinen Schelme nicht in größeren Schrecken jagen, als welcher in demselben Augenblick sich auf allen Gesichtern malte. Es entstand sofort ein ungeheurer Tumult. — Die unglücklichen Gäste der Spelunke riefen sich einer dem andern mit unaussprechlichem Entsetzen zu:

»Ein Gefreiter! Die Polizei! Rette sich wer kann!«

Die gebräunten Gesichter aller dieser Banditen waren aschenfahl geworden und selbst die kühnsten zitterten an allen Gliedern. Einige, welche den Kopf gänzlich verloren hatten, versteckten sich unter den Tischen. Zwei oder drei der entschlossensten zerschlugen die Fensterrahmen und wollten in den Garten hinausspringen. Die Mündung eines Dutzend auf sie angeschlagener Musketen bewogen sie aber, eben so schnell wieder zurückzuprallen.

»Das Haus ist umzingelt!« hob der Gefreite wieder an. »Die Mannschaft hat Befehl, Jeden niederzuschießen, der zu entfliehen versucht. Wenn Euch euer Leben lieb ist, so fügt Euch daher und rührt Euch nicht.«

Die Banditen sahen ein, daß die und zwar gut getrof=fenen Maßregeln jede Flucht und jeden Widerstandsversuch vergeblich machen würden. Durch die Uebermacht einge=schüchtert, beugten sie das Haupt und verloren alle Energie, gleich dem in der Schlinge gefangenen Wolf, der sich nicht einmal mehr seiner angebornen Wildheit erinnert.

Ehe noch eine Minute vergangen war, sah man keine Bewegung mehr in dem niedrigen Zimmer — man hörte nicht einmal mehr ein Murmeln.

Nur Perine, welche unbeweglich neben der geschlos=senen Thür stand, hinter welcher sich Jane von Simeuse befand, sagte mit Verzweiflung und Wuth im Herzen:

»So Schiffbruch zu leiden! Abermals meine Absichten vereitelt zu sehen, während ich das Ziel schon erreicht zu haben glaubte. — Ha, es ist der böse Feind selbst, welcher auf diese Weise gegen mich kämpft. — Aber deswegen bin ich noch nicht besiegt und nur mit meinem Leben gebe ich den Kampf auf!«

Drittes Capitel.

Nicolas Barbet.

Der Mann in der rothen und blauen, mit goldenen Treffen besetzten Uniform war, wie wir schon von den Banditen gehört, wirklich das, was man zu jener Zeit einen Gefreiten von der Propstei des Hotels nannte.

Diese Gefreiten spielten im achtzehnten Jahrhundert ungefähr dieselbe Rolle wie gegenwärtig die Polizei-Commissäre, welche die Aufgabe haben, die untergeordneten Officianten zu begleiten und zu befehligen, wenn es sich um wichtige Verhaftungen und Haussuchungen handelt. In der Regel hatten sie auch die durch die sogenannten Lettres de cachet angeordneten Verhaftungen zu bewirken, wenn dieselben nicht eine sehr vornehme und hochgestellte Person betrafen, in welchem Falle ein Officier der Musketiere oder der Garde an die Stelle des Gefreiten trat, um dem zukünftigen Bewohner der Bastille die Honneurs zu machen.

Die beiden schwarzgekleideten Männer waren Agenten des Herrn von Sartine. Der eine von ihnen, welcher Nicolas Barbet hieß, ist uns persönlich bekannt. Er hatte vor wenigen Tagen und auf seinen eigenen Wunsch seinen Posten in den Bureaux des Polizeilieutenants verlassen, um in den activen Dienst zu treten. Unsere Leser haben wahrscheinlich Nicolas Barbet vergessen, ganz gewiß aber werden sie sich sehr bald dieses ehrlichen Mannes wieder erinnern.

Der Gefreite zog ein Pergament aus der Tasche, welches er mit den Augen befragte, ohne Zweifel um sein Gedächtniß aufzufrischen; dann rief er mit laut schallender Stimme:

»Cyrill Athanasius Gorju!«

Der Schenkwirth zitterte an allen Gliedern und trat langsam vor, indem er sich klein zu machen suchte, sein mageres Rückgrat bog und sich bemühte, seine Unruhe zu verhehlen und seinem Spitzbubengesicht einen ehrlichen Ausdruck zu geben, was ihm aber, wie wir leider bemerken müssen, nur sehr unvollkommen gelang.

»Gorju, da bin ich, mein werthester Herr — gern bereit, Ihnen zu dienen, wenn es in meinen schwachen Kräften steht,« sagte er in sanftem, unterwürfigem, ehrerbiethigem und schmeichelndem Tone.

»Also,« hob der Gefreite wieder an, »Ihr seid der Eigenthümer dieses Hauses und haltet diese Schenkstube?«

»Das Haus ist nur eine armselige Hütte, aber allerdings mein, geehrter Herr. Ich arbeite Tag und Nacht und plage mich rechtschaffen. Das Leben der Armen ist einmal ein hartes. Ich fange Fische im Flusse und gebe denen, die mich bezahlen, zu essen und zu trinken. Sollte man bei Ihnen eine falsche Anzeige gegen mich erstattet haben, gnädiger Herr? Ach, es gibt gar so viel böse Christen und Verleumder auf dieser Erde. Aber Dank sei dem Himmel, mein Gewissen ist rein und wenn man mich bei

Ihnen anklagen sollte, so werde ich mich sofort zu recht=
fertigen wissen.«

Nachdem Gorju auf diese Weise gesprochen, erwartete
er vor Angst zitternd die Antwort des Gefreiten. Trotz
seiner dreisten Behauptung hatte er so viele Missethaten
auf dem Gewissen, daß er nicht errathen konnte, welche
plötzliche Anklage unversehens gegen ihn auftauchen würde,
und er fühlte, daß er vielleicht nicht im Stande wäre, das
sich über ihm aufthürmende Gewitter von seinem Haupte
abzuwenden.

»Euer Ruf ist zweifelhaft, um nicht mehr zu sagen,«
antwortete der Gefreite, »und der eures Hauses ein ganz
abscheulicher. Es gilt mit Recht für einen stets offenen
Schlupfwinkel der gefährlichsten Schufte und Gauner von
Paris.«

»Ach, gnädiger Herr, bei dem Handwerk, welches ich
betreibe, geht es einmal nicht anders, als daß man Leute
von allen Gattungen aufnehmen muß. Sie können sich wohl
denken, daß ich die Leute, welche hierherkommen, um einen
Eierkuchen zu essen und eine Flasche Wein zu trinken, nicht
von Adam und Eva her kenne. Wenn sie keinen Lärmen
machen und mich mit gutem Gelde bezahlen, so kann ich
weiter nichts von ihnen verlangen.«

»Ihr sprecht von gutem Gelde. Wißt Ihr nicht, daß
Paris in diesem Augenblicke von falschen Münzen über=
schwemmt ist?«

»Davon habe ich noch nichts gehört, mein guter gnä=
diger Herr. Die Sache an und für sich ist sehr leicht mög=
lich, aber ich habe keine Kenntniß davon.«

»Was Ihr da sagt, ist wenigstens unwahrscheinlich.

»Aber warum denn, großer Gott?«

»Ihr seid angeklagt, hier Falschmünzer zu beherbergen und den Umlauf der Erzeugnisse dieser verbrecherischen Industrie auf alle in euren Kräften stehende Weise zu befördern.«

Zum ersten Male seit dem Eintritt der Polizei in sein Haus athmete Gorju auf. Seine Unschuld an dem Verbrechen, welches ihm jetzt zum Vorwurf gemacht ward, war vollkommen begründet. Stark im Bewußtsein dieser Unschuld glaubte er sich nun außer aller Gefahr.

»Wie,« rief er heftig, »so wahr ich ein ehrlicher Mann bin, wer dies gesagt hat, der hat gelogen!«

»Davon wollen wir uns bald überzeugen,« entgegnete der Gefreite.

»Sie wollen sich davon überzeugen!« wiederholte Gorju. »Barmherziger Gott, auf welche Weise wollen Sie sich denn davon überzeugen, mein guter gnädiger Herr?«

Der Gefreite antwortete nicht, sondern winkte einem der Agenten, welcher sich umdrehte, um dem Unterofficianten, welcher die Soldaten der Scharwache commandirte, einen Befehl zu ertheilen. Die Scharwache war fünfzig bis sechzig Mann stark und bildete einen undurchdringlichen Kreis um das Häuschen herum. Ungefähr zwölf Mann blieben mit der Bewachung der Fenster und der Thür beauftragt, die andern drangen in das Innere und jeder von ihnen nahm mit dem Degen in der Faust neben einem der Gäste Platz. Gorju bekam auf seinen Theil sogar zwei, einen rechts und den andern links.

Gleichzeitig zog Nicolas Barbet aus seiner Tasche

eine runde, einige Linien starke eiserne Platte, die einem Sechslivresthaler glich, und legte sie nebst einem kleinen stählernen Hammer mit einem Stiel von Ebenholz auf einen der Tische.

»Was zum Teufel will man denn damit machen?« fragte sich Gorju, der angesichts dieser ihm unbegreiflichen Anstalten seine Unruhe wieder erwachen fühlte.

Seine Ungewißheit sollte nicht lange dauern.

»Beginnt die Durchsuchung,« sagte der Gefreite.

Die beiden Agenten gehorchten, ohne eine Minute zu verlieren, und fingen an die Taschen der Vagabunden zu visitiren, indem sie die, welche der Thür zunächst standen, zuerst vornahmen.

Der Gefreite schrieb, mit seinem Notizbuch und Bleistift versehen, den von einem Jeden genannten Namen, gegenüber den Betrag der bei ihm gefundenen Summe und die Bezeichnung der Münzsorten, aus welchen diese Summe bestand.

»In der That, das ist sehr seltsam,« murmelte er, während die Operation ihren raschen, regelmäßigen Fortgang hatte; »alle diese Leute haben ein Goldstück und alle diese Goldstücke sind neu.«

Als die Reihe an Gorju kam, fand man statt eines Louisd'or bei ihm deren fünf. Die kleine Börse der Goule enthielt außer einem kleinen Betrag in Silber zwei Louisd'or, dieselben, welche sie am Abende vorher in dem Hause der Mutter Ursula von der Herzogin von Simeuse empfangen.

»Nun sind wir fertig,« sagte Nicolaus Barbet nach Verlauf einiger Minuten; »sämmtliche Taschen sind leer.«

»In dem Falle,« sagte der Gefreite, indem er sich dem Tische näherte, auf welchem die kleine eiserne Platte und der Hammer lagen, »hält uns nichts ab, die weitere Procedur vorzunehmen.

Die Neugier und Unruhe des Herbergswirthes stiegen immer höher. Er fühlte sich im höchsten Grade aufgeregt, ohne zu wissen weshalb. Er ahnte instinctmäßig, daß etwas sehr Schlimmes für ihn stattfinden würde. Der arme Gorju — er täuschte sich auch nicht!

Der Gefreite ergriff das Goldstück, welches man bei der Untersuchung dem ersten der Vagabunden abgenommen, legte es gerade in die Mitte des kleinen tragbaren Amboßes, hob den Hammer und ließ ihn auf die eiserne Scheibe niederfallen. Der verdächtige Louisd'or zerschellte, als ob er von Glas gewesen wäre, und die Splitter flogen im ganzen Zimmer umher.

»Ah!« rief der Gefreite mit blutiger Ironie, »Niemand kennt hier das falsche Geld, nicht wahr, Meister Gorju? Ihr habt noch nie von etwas dergleichen sprechen hören!«

Der Schenkwirth wollte protestiren, aber er hatte nicht Zeit dazu.

»Man stecke Jedem, der sich untersteht, ein Wort zu sagen, einen Knebel in den Mund,« hob der Gefreite wieder an, »und diesem Menschen hier lege man die Handschellen an,« setzte er hinzu, indem er auf den Besitzer des auf dem kleinen Amboß zerschmetterten Goldstücks zeigte.

Der Befehl war mit wunderbarer Schnelligkeit ausgeführt und die Experimente hatten ihren Fortgang. Brauchen wir zu sagen, daß das Resultat allemal ein= und das=

selbe war? Das von Coquelicot ausgetheilte Gold kam von Kerjean und wir kennen schon längst die schwache Seite der im Teufelshotel fabricirten Münzen.

Unmittelbar nach den aufeinanderfolgenden Proben ward einem jeden der Banditen ein eisernes Kettchen um die Handgelenke geschlungen, und mittelst eines Vorlege= schlosses sicher befestigt.

Bald blieben nur noch die Louisd'ors Perinens und die des Schenkwirths zu untersuchen. Die beiden Goldstücke der Goule widerstanden dem Hammerschlage und wurden für echt erklärt.

»Herr Gefreiter,« sagte nun in bittendem Tone die ehemalige Besitzerin des Rothen Hauses, wieder ein wenig Hoffnung fassend; »Ihr sehet, daß ich wenigstens nicht verdächtig bin. Darf ich gehen?«

»Das werden wir sogleich entscheiden. Geduldet Euch ein wenig, Frau.«

»Herr Gefreiter,« hob die Goule, die Hände faltend, wieder an, »es ist nicht recht, mich länger hier zurückzu= halten. Sie können mir nichts zur Last legen — geben Sie mir sofort die Freiheit wieder.«

»Schweigt!« unterbrach sie Nicolaus Barbet, der hinter Perinen stand und seinen Diensteifer zeigen wollte; »schweigt, oder ich kneble Euch.«

Perine schwieg und biß sich, um ihren Zorn zu unter= drücken, so grimmig auf die Lippen, daß das Blut hervor= drang.

Der Gefreite legte einen der Louisd'or des Schenk= wirths auf die Eisenplatte. Gorju harrte mit verhaltenem Athem. Er hätte gewünscht, daß die Erde sich öffnen möchte, um ihn zu verschlingen, als er den Hammer niederfallen und das Goldstück durch den Schlag pulverisirt werden sah, die vier andern hatten dasselbe Schicksal.

Ohne auch nur den Befehl seines Vorgesetzten abzu= warten, wollte einer der Soldaten Gorju die Handfesseln anlegen.

»Nein, nein!« rief der Herbergswirth, indem er sich von Wuth und Verzweiflung hingerissen aus Leibeskräften sträubte; »es gibt keine menschliche Macht, die mich hindern könnte, zu sprechen. Ich bin nicht schuldig — ich eben so wenig wie sonst Jemand hier. Drei meiner Goldstücke sind mir so eben von Coquelicot gegeben worden. Die beiden andern habe ich von dieser Frau,« setzte er hinzu, indem er auf die Goule zeigte.

»Man schließe diese Frau,« sagte der Gefreite.

»Sie hat diese Goldstücke aber eben so wenig gemacht als ich,« hob Gorju wieder an. »Dieses Gold — dieses verfluchte Gold — hatte sie ebenfalls von Coquelicot be= kommen.«

»Ja, ja!« riefen sämmtliche Vagabunden, durch den unerwarteten Widerstand ihres Wirthes ermuthigt, gleich= zeitig. »Coquelicot hat uns in's Verderben gestürzt. Wir wissen nicht, wo sein Gold her ist.«

»Wer ist Coquelicot?« fragte der Gefreite. »Euch frage ich, Gorju, antwortet!«

»Es ist ein lustiger Cumpan, der einen langen Degen trägt und zuweilen hierherkommt.«

»Wo wohnt dieser Coquelicot?«

»Mein guter gnädiger Herr, das weiß ich nicht.«

»Welchen Erwerb treibt er?«

Das weiß ich auch nicht."

»Wann habt Ihr ihn das letzte Mal gesehen?«

»Nur wenige Minuten vor Ihrer Ankunft war er hier unter uns, mein guter gnädiger Herr.«

»Und Ihr behauptet, er habe jedem von Euch eins oder mehrere Goldstücke gegeben?«

Es ist die lautere Wahrheit, mein guter gnädiger Herr — ja, bei meiner Seele!

»Aber welchen Zweck hatte diese Freigebigkeit? Verlangte Coquelicot einen Dienst von Euch?«

»Allerdings, mein guter gnädiger Herr.«

»Und welchen?«

»Er beauftragte uns, die Wohnung eines Cavaliers ausfindig zu machen, den er wahrscheinlich großes Interesse hat zu ermitteln.«

»Und wie heißt dieser Cavalier?«

»Marquis René von Rieux.«

»Und für einen so einfachen Auftrag bezahlte der Mann, von welchem Ihr sprecht, anscheinend so freigebig? Dann haltet Ihr ihn wohl für sehr reich, diesen Cumpan mit dem langen Degen!«

»O nein, mein guter gnädiger Herr. Wir wissen recht wohl, daß er selbst nichts hat, aber wir glaubten, er handle nicht für seine eigene Rechnung.«

»Für wessen Rechnung denn, wenn ich fragen darf?«

»Das hat er uns nicht gesagt und wir haben ihn nicht darnach gefragt — deshalb wissen wir es nicht.«

Der Gefreite zuckte verächtlich die Achseln.

»In der That,« murmelte er, »ich bin sehr gutmüthig, daß ich mir dergleichen Märchen aufbinden lasse. Ihr werdet dieß morgen vor dem Criminalrichter wiederholen und wir werden sehen, ob er sich mit euren Gründen begnügt und sie für baare Münze nimmt. Also Sergeant, laßt diese Schurken zwei Mann hoch unter guter Escorte abmarschieren. Eure Leute mögen die Muskete immer gespannt halten, um sofort Feuer geben zu können. — Dann macht Euch auf den Weg nach dem Grand Châtelet, während ich das Haus durchsuchen lasse.«

»Und ich, Herr Gefreiter?« rief Perine, »was soll mit mir werden?«

»Ihr geht mit den Andern, zum Donnerwetter!«

»Aber das ist eine Schändlichkeit! Ich bin unschuldig. Ich hatte kein falsches Geld. — Sie haben es gesehen. — Sie haben es aufgeschrieben.«

»Morgen werdet Ihr Euch darüber erklären.«

»Herr Gefreiter, ich bitte Sie doch um Gottes willen, begehen Sie keine so furchtbare Ungerechtigkeit! Schicken Sie mich nicht in's Gefängniß, ohne mich gehört zu haben. Ich weiß, was diese Leute nicht wissen. Ich kann Ihnen sagen, wer Coquelicot ist — ich kann Ihnen den Namen des Herrn nennen, in dessen Sold er steht — ich kann Ihnen noch mehr sagen, denn ich kenne das Geheimniß der Falschmünzer und ich werde es Ihnen offenbaren — aber lassen Sie mich frei — lassen Sie mich frei!«

»Ihr kennt das Geheimniß der Falschmünzer, sagt Ihr?« fragte der Gefreite mit unverkennbarem Interesse.

»Ja, hundertmal ja — ich weiß Alles. — Ich werde Ihnen offenbaren, wer das Haupt dieser Falschmünzerbande ist — ich werde Ihnen sagen, wo sie ihren Schlupfwinkel haben.«

»Nun so sprecht, Weib, und wenn es wahr ist, daß Ihr dies Alles wißt, so sollt Ihr nicht blos frei bleiben, sondern auch königlich belohnt werden.«

Perine öffnete den Mund, um zu sprechen. Sie wollte ihren Haß befriedigen, indem sie den Baron von Kerjean denuncirte. Gerade in diesem Augenblicke aber fühlte sie die Spitze eines Dolches zwischen ihren Schultern und gleichzeitig murmelte ihr eine Stimme in's Ohr:

»Noch ein Wort und ich stoße Euch nieder. Schweigt, und ich rette Euch!«

Die Goule drehte sich rasch herum. Sie sah neben sich weiter nichts als das unbewegliche Gesicht Nicolas Barbet's, eines der schwarzgekleideten Agenten.

»Nun,« rief der Gefreite ungeduldig. »Worauf wartet Ihr? Warum rückt Ihr mit den versprochenen Mittheilungen nicht heraus?«

»Herr Gefreiter,« stammelte Perine, »ich habe gelogen — ich weiß nichts.«

Der Gefreite stampfte ungeduldig mit dem Fuße.

»Ich dachte mir es gleich!« rief er. »Nach dem Châtelet denn — nach dem Châtelet! Herr Nicolas Barbet, ich empfehle Ihnen, dieses Weib ganz besonders im Auge zu behalten. Ich behalte vier Mann hier bei mir. In einer Stunde komme ich nach. Also gehen Sie und lassen Sie ohne Erbarmen auf Jeden, der zu entfliehen suchen sollte, Feuer geben.«

Die ertheilten Befehle wurden sofort vollzogen. Die zu zwei und zwei aneinander geschlossenen Gefangenen wurden zwischen eine Doppelreihe Soldaten genommen und wie eine Heerde Schafe, die man zur Schlachtbank führt, aus dem Wirthshause hinausescortirt. Der ganze Trupp nahm die Richtung nach den Quais und schlug den kürzesten Weg ein, um das Grand-Châtelet, dieses berühmte Gefängniß, zu erreichen.

In der letzten Reihe marschirte Nicolas Barbet. Er hatte Perinen beim Arme gefaßt, ohne Zweifel, um den Instructionen des Gefreiten nachzukommen und die Gefangene auf ganz besondere Weise zu überwachen.

Nun aber war Nicolas Barbet — der ehemalige Angestellte in den Bureaux des Polizeilieutenants — der Mann, welchen wir in dem Hotel der Rue de Jerusalem mit Meister David haben sprechen und Herrn von Sartine einen falschen Bericht über Luc von Kerjean erstatten sehen — ein Camerad von der Fackel.

Viertes Capitel.

Wo Perine sucht.

Nachdem man ungefähr eine Viertelstunde schweigend marschirt war, fing Nicolas Barbet an langsamer zu gehen, so daß ein gewisser Zwischenraum zwischen ihm und der Gruppe von Soldaten und Gefangenen entstand, welche ihm vorausgingen.

»Ich werde mein Versprechen halten,« murmelte er nun Perinen, deren Arm er bis jetzt nicht losgelassen, in's Ohr; »gebt eure Hände her, damit ich die Fesseln löse.«

Die Goule gehorchte vor Freude und Hoffnung zitternd sofort und der Agent öffnete das Vorlegeschloß, wel-

ches die doppelte Kette um die Handgelenke der Gefange=
nen festhielt. Man befand sich in diesem Augenblick in
kurzer Entfernung von der Mündung einer finstern, krum=
men, vollständig menschenleeren Gasse, welche tief in ein
Chaos von hohen schwarzen Häusern hineinführte.«

»Ihr seid frei,« hob Nicolas Barbet wieder an,
»fliehet. Sehet zu, daß man Euch nicht wieder erwische
und wisset, daß Die, deren Geheimniß Ihr verrathen woll=
tet, über eine Macht verfügen, welche größer ist als die
der Polizei und der Justiz. Ein einziges unkluges Wort
würde Euch sichern Tod bringen. Das merkt Euch!«

»Ich danke,« stammelte Perine; »ich werde es nicht
vergessen.«

»Nun so geht und vor allen Dingen geht rasch.«

Die Goule kehrte dem Agenten den Rücken und ent=
fernte sich, so schnell als ihre Füße sie tragen wollten, in
der dunklen Gasse, von welcher wir soeben gesprochen.

Nicolas Barbet ließ sie einige Secunden lang laufen,
dann schrie er so laut er konnte:

»Hierher, Soldaten — die Gefangene will entsprin=
gen! Feuer auf dieses Weib! — Feuer, sag ich!«

»Ich bin verrathen,« dachte die Goule, welcher diese
Worte Flügel gaben; »dieser Mensch will sich meiner ent=
ledigen. Die Todten sprechen nicht.«

Und sie rannte immer weiter.

Die Soldaten der Escorte machten Kehrt und befolgten
schleunigst den Befehl Nicolas Barbet's. Man sah grelle
Blitze die nächtliche Finsterniß durchzucken. Ungefähr zwölf
Schüsse knallten und gleich darauf folgte der dumpfe
Schlag eines auf das Pflaster niederstürzenden Körpers.

»Sie hat ihren Theil dahin!« sagte der Sergeant laut. »Nicaise und Barnabé, geht hin und hebt die alte Hexe auf.«

Die beiden genannten Soldaten traten aus dem Gliede und eilten fort. Man sah sie sich in der Finsterniß bücken und eine Leiche aufheben, während zugleich ein doppelter Ausruf der Ueberraschung und des Entsetzens sich ihren Lippen entrang.

»Nun,« fragte der Unteroffizier, »was gibt es denn?«

Die Soldaten beobachteten ein düsteres Schweigen.

»Sacrebleu!« hob der Sergeant mit dem Fuße stampfend wieder an; »Sacrebleu! werdet Ihr antworten oder nicht? Noch einmal frage ich: Was gibt es?«

»Sie ist es nicht,« stammelte einer der beiden Soldaten.

»Sie ist es nicht? Wer ist es denn?«

»Meister Nicolas Barbet.«

»Nicht möglich!«

»Ach, leider ist es nur zu gewiß.«

»Und er ist verwundet?«

»Er ist mehr als verwundet — er ist todt.«

Der Soldat sprach die Wahrheit. Der unglückliche Polizeiagent, dessen geheime Gedanken wir soeben von Perinen haben deutlich aussprechen hören, hatte, als er Befehl zum Feuern gab, nicht bedacht, daß er sich in der Schußlinie befand und folglich der Gefahr mehr ausgesetzt war als die Fliehende selbst.

Von drei Kugeln — einer in den Kopf und zweien in die Brust — getroffen, war er sofort todt niedergestürzt, ohne auch nur einen Seufzer auszustoßen.

Was die Goule betraf, so war diese schon um die Ecke der Straße hinum. Sie war außer Gefahr und man konnte nicht daran denken, sie durch ein Labyrinth von Gäßchen und Durchgängen hindurch zu verfolgen, in welchen man sich selbst am hellen Tage kaum zurechtfinden konnte.

Da es einmal gegen diesen Uebelstand kein Mittel gab, so mußte man sich dareinfügen. Man bildete aus mehreren Musketen eine Tragbahre, auf welche man Nicolas Barbet's Leiche legte, und die Scharwache erreichte mit den vermeinten Falschmünzern ohne weiteres Hinderniß das Grand-Châtelet, wo die Gefangenen unter Schloß und Riegel gebracht wurden.

Der ehemalige Angestellte im Polizeibureau, der neue Agent des Herrn von Sartine, war gestorben, wie er gelebt hatte — als Verräther.

Wir wollen nun Perinen nacheilen. Halb wahnsinnig vor Angst und Schrecken, und immer noch die Kugeln um die Ohren pfeifen zu hören glaubend, lief sie so lange, als ihre Füße sie zu tragen vermochten.

Dies dauerte beinahe eine halbe Stunde. Nach Verlauf dieser Zeit hatte sie wenigstens eine Meile zurückgelegt. Sie wußte nicht mehr, wo sie war, und sank erschöpft und keuchend auf die Schwelle eines Hauses nieder, welches ungefähr in der Mitte der Straße St. Denis stand.

Einige Minuten Ruhe genügten übrigens, um sie wieder zu Athem kommen zu lassen und ihr zu gestatten, über ihre Lage nachzudenken. Es schien ihr einleuchtend zu sein, daß sie von den Verfolgungen der Scharwache fortan nichts mehr zu fürchten habe; aber zugleich fragte sie sich mit Entsetzen, was ihr die Zukunft beschieden habe, und

welchen Entschluß sie nun fassen solle. Nachdem sie zwei=
mal den Erfolg in der Hand gehabt, sah sie das Verhäng=
niß sie zum zweiten Male im entscheidenden Augenblicke
mit einer beispiellosen Erbitterung sich gegen sie erklären,
und sich selbst tiefer sinken, als sie bis jetzt gesunken war.

Sie besaß in der That nichts mehr — kein Goldstück,
kein Silbergeld, keine Kupfermünze. Wenn sie den nächst=
folgenden Tag essen wollte, so mußte sie die öffentliche
Mildthätigkeit in Anspruch nehmen. Wie hart auch diese
Bedrängniß war, so betrachtete Perine sie doch gleichwohl
beinahe mit Gleichgiltigkeit, denn andere Gedanken von
weit größerer Wichtigkeit bemächtigten sich ausschließlich
ihres Gemüthes.

Was war aus Jane von Simeuse geworden? Hatte
der mit der Durchsuchung von Gorju's Hause beauftragte
Gefreite die Wahnsinnige gefunden? — Hatte er ihren
Zustand erkannt und es angemessen erachtet, sie freizu=
lassen, trotz ihrer Anwesenheit in einem mit Recht verdäch=
tigen Hause? — Oder hatte er sich im Gegentheile der
Unglücklichen bemächtigt, um sie der Behörde zu überliefern?
Wenn die Polizei ihre mächtige Hand auf die Wahnsinnige
gelegt hatte, war dann nicht jede Hoffnung, sie jemals
wieder zu erlangen, dahin? — Und wie sollte Perine sich
rächen, wenn sie nicht Jane in ihre Gewalt bekam?

Diese vielfachen Fragen legte Perine sich vor, aber
ohne eine derselben beantworten zu können. Mehrere Stun=
den lang überließ sie sich diesen Betrachtungen, die zu kei=
nem Ergebniß führten. Sie wußte nicht, welchen Entschluß
sie fassen sollte und diese gezwungene Unentschlossenheit
bereitete ihr grausame Schmerzen.

Endlich ward es Tag und es war gleichsam, als ob der bleiche Schein des Himmels einen Lichtstrahl in das unruhige Gemüth der Goule fallen ließ.

»Vor allen Dingen,« murmelte sie, »muß ich erfahren, was diese Nacht weiter vorgegangen ist. Ich muß nach Gorju's Hause gehen. Vielleicht finde ich das Haus offen und Jane sich selbst überlassen. Ha, wenn das der Fall wäre!«

Electrisirt durch diese Hoffnung, erhob Perine sich rasch und that einige Schritte, sofort aber taumelte sie unter dem Keulenschlage einer neuen Enttäuschung.

Am vorigen Abende war sie von Ermüdung und Hunger erschöpft, während sie auf's Gerathewohl in den Straßen umherwanderte, in das Wirthshaus getreten, welches ihr die gerade dem Aushängeschild gegenüber hängende Laterne als ein solches bezeichnete. Dabei aber kannte sie nicht den Namen der Straße, in welcher sich dieses Wirthshaus befand, und erinnerte sich der Lage desselben nur sehr unvollkommen. Als sie dasselbe ein wenig später als Gefangene verlassen, war ihre Unruhe zu groß, als daß sie genau auf die Umgebung geachtet hätte. Dennoch glaubte sie sich zu besinnen, daß diese Straße auf den Quai führte, oder wenigstens sich in der Nachbarschaft desselben befand.

Dieses schwache Merkmal sollte ihr einziger Führer bei den Nachforschungen sein, welche von sofortigem Erfolg gekrönt zu sehen sie ein so großes Interesse hatte.

»Wohlan,« murmelte Perine, »wer zweifelt, ist schon im Voraus besiegt. Ich will finden und ich werde finden.«

Nachdem die Goule auf diese Weise durch ihre unbezähmbare Energie über die tiefe Entmuthigung triumphirt, welche sich ihrer bemächtigt hatte, schlug sie den Weg nach den Quais ein und begann ihre Nachforschungen.

Den ganzen Vormittag suchte sie, ohne etwas zu finden.

Als das Bedürfniß, ein wenig Nahrung zu sich zu nehmen, sich gebieterisch fühlbar machte, setzte sie sich auf einen Eckstein und streckte den Vorübergehenden die Hand entgegen, indem sie mit jener kläglichen Stimme, welche die Bettler von Profession so gut anzunehmen wissen, stammelte:

»Eine kleine Gabe, wenn ich bitten darf! Eine Gabe um der Liebe des guten Gottes willen!«

Sie erhielt einige Sous. Sie kaufte sich dafür ein Stück Brot, trank dann an einem Brunnen einen Schluck Wasser und machte sich wieder auf.

Der Tag verging. Der Abend kam, ohne daß Perine weiter gewesen wäre, als am Morgen. Sie hatte kein Geld, um ein Nachtlager zu bezahlen, wäre es auch so bescheiden gewesen wie das in der Herberge »zum Bockshorn«. Deshalb verbrachte sie die Nacht in dem Keller eines eben im Abbruch begriffenen Hauses. Die Unglückliche begann die Leiden und das Elend jenes unstäten und fluchbeladenen Lebens kennen zu lernen, welches allem Anscheine nach ihr in Zukunft beschieden war.

Allerdings stand ihr noch eine Hilfsquelle zu Gebote, dennoch aber konnte sie von derselben keinen Gebrauch machen, ohne Gefahr zu laufen, auf der Stelle festgenommen zu werden.

Am Mittelfinger ihrer linken Hand trug die Goule nämlich einen großen silbernen Ring, der anscheinend werth-

los war, in der That aber einen ziemlich bedeutenden
Werth hatte. Der Kasten dieses Ringes war nämlich be=
weglich. Wenn man auf ein Knöpfchen drückte, sprang er
auf und es kam dann ein Diamant vom reinsten Wasser
zum Vorschein. Unter diesem Diamant schloß eine dünne
Goldkapsel einen Tropfen von einem furchtbaren von der
Goule bereitetem Gifte ein. Wenn man auf ein zweites
Knöpfchen drückte, so sprang aus dieser Kapsel ein stähler=
ner Stachel hervor, der beinahe unsichtbar und dem einer
Biene oder Wespe ähnlich war. Wer dann den Ring an
den Finger gesteckt hätte, wäre sofort verloren gewesen.
Der kaum fühlbare Stich des Stachels reichte hin, um den
stärksten Mann leblos niederzustrecken.

Der Diamant war wenigstens hundert Louisd'or
werth. Perine brauchte daher, sollte man meinen, bloß die
giftige Kapsel von dem Ringe zu trennen und den Edel=
stein zu einem Juwelier zu tragen, um dafür einen guten
Preis zu erhalten und dadurch der demüthigenden Noth=
wendigkeit, um Almosen zu betteln, überhoben zu sein;
ihre zerlumpten Kleider aber und ihr widerwärtiges, ver=
stümmeltes Gesicht konnten nicht verfehlen, Mißtrauen ein=
zuflößen. Jedenfalls hatte man sie sofort in Verdacht, den
Diamanten gestohlen zu haben. Man fragte sie aus, man
wollte ihren Namen und ihre Wohnung wissen und da
es ihr unmöglich war, diese Fragen auf zufriedenstellende
Weise zu beantworten, so ward sie sicherlich zuletzt der
Polizei überliefert.

Hatte sie aber einmal die Schwelle eines Gefängnisses
überschritten, wie sollte sie dann jemals wieder heraus=
kommen?

Kurz — aus dem Vorstehenden geht hervor, daß die Hilfsquelle, welche dieser Ring bot, eine in der That illusorische war.

Wenn wir von diesem Ringe gesprochen haben, so ist es, wir bitten den Leser daran nicht zu zweifeln — geschehen, weil er im weiteren Verlaufe dieser Geschichte noch eine wichtige Rolle spielen wird.

Am nächstfolgenden Morgen bei Tagesanbruch begann die Goule ihre Nachforschungen wieder mit der unermüdlichen Hartnäckigkeit, welche durch nichts gebeugt werden konnte; endlich gegen Mittag kam sie in die Rue de l'Arbre=Sec und zuckte vor Freude zusammen, als sie über dem Gartenthore des kleinen Gartens das halbrunde Bret erblickte, welches Gorju's Wirthshaus zum Aushängeschild diente.

Die Thür war blos eingeklinkt. Perine trat in den Garten und näherte sich dem kleinen Hause. Alles war verschlossen. Die von innen befestigten Läden bedeckten die bei dem Fluchtversuche, dessen Augenzeugen wir gewesen sind, halb zerschlagenen Fenster.

Perine pochte mehrmals an, ohne eine Antwort zu erhalten. Sie legte das Ohr an die Ritzen der Thür. Das Innere des Wirthshauses war vollkommen stumm — das Haus mußte leer sein.

Um sich davon besser zu überzeugen, pochte Perine abermals und so stark an, daß sie endlich die Aufmerksamkeit der Nachbarn auf sich zog. Einer derselben kam über die Straße herüber, näherte sich bis an den Eingang des Gartens und fragte:

»He da, Alte, was pocht Ihr denn da?«

»Ich möchte mit dem Herrn dieses Hauses sprechen,« antwortete die Goule.

»Mit Nicolas Gorju?«

»Ja, mit diesem selbst.«

»Nun,« entgegnete der Nachbar wieder, »wenn Ihr ihn durchaus sprechen müßt, so dürft Ihr ihn nicht hier suchen. Da müßt Ihr wo anders hingehen, Alte — da müßt Ihr wo anders hingehen.«

»Wohin denn?«

»Nach dem Grand-Châtelet, wo Gorju gefangen sitzt. Sein Haus ist, wie es scheint, ein förmlicher Schlupf-winkel von Schurken und Falschmünzern gewesen und die Polizei hat neulich das ganze Nest ausgenommen. Es ist eine wahre Freude und ein Trost für uns Nachbarn, daß wir nun diesen Kehlabschneider und seine sauberen Gäste los sind. — Ist dies Alles, was Ihr zu wissen wünscht, Alte?«

»Noch eine Frage.«

»Sprecht.«

»Hatte Gorju nicht zwei Frauenzimmer in seinem Hause?«

»Nein, er hatte nur eins — seine Magd — Gothon hieß sie.«

»Ich glaube auch von einem jungen Mädchen sprechen gehört zu haben.«

»Nein, nein, ein junges Mädchen war nicht bei ihm. Gorju war kein Freund des schönen Geschlechts.«

»Was ist denn aus der Magd geworden?«

»Die ist gestern wieder in ihre Heimat zurückgekehrt.

Sie weinte sehr, denn dieser Schuft von Schenkwirth ist ihr, wie sie behauptet, über ein Jahr Lohn schuldig.«

„Könnt Ihr mir nicht vielleicht sagen, wo die Magd her war?«

„Das weiß ich wirklich nicht mehr genau. Wenn mir recht ist, so war sie von Argenteuil — wenn sie nämlich nicht von Puteaux oder Saint-Denis war. Doch wartet, jetzt fällt es mir ein. Ich glaube, sie war von Meaux.«

Die Goule fragte nicht weiter — sie ließ den Kopf sinken und zog sich zurück. Der letzte leitende Faden war zerrissen. Die Magd aufzusuchen war unmöglich und nichts schien fortan im Stande zu sein, Perine wieder auf die Spur Janes von Simeuse zu bringen.

Diesmal versuchte sie nicht einmal gegen die Entmuthigung zu kämpfen, die sich unwiderstehlich ihrer bemächtigte und sie zu Boden drückte.

Sie verließ die Rue de l'Arbre-Sec — erreichte den Quai — ging die Uferböschung hinab bis an den letzten Bogen des Pont-Neuf und fragte, ob nicht das Beste, was sie thun könne, wäre, sich in die Seine zu stürzen.

»Wenigstens,« murmelte sie, »wäre ich dann des Lebens sofort ledig.«

Gleich darauf aber antwortete sie sich auch:

»Ich sollte sterben, ohne mich gerächt zu haben? — Ich sollte Kerjean reich und glücklich hinter mir lassen? O nein, nein! Was wollen Leiden, Elend, Kampf und Verzweiflung sagen, wenn der Sieg ihnen folgt — wenn ich, wie die Karten mir versprochen, mich an dem Baron räche? Ich habe jetzt nur noch eine Hoffnung und darf nur noch ein Ziel haben: René von Rieux ausfindig zu machen, und bei allen Teufel der Hölle, ich werde ihn ausfindig machen, oder in dieser Aufgabe untergehen."

Fünftes Capitel.

Die Haussuchung.

In dem Wirthshause der Rue de l'Arbre-Sec war nachdem Weggange Nicolas Barbet's, Perinens, Gorju's und der anderen Gefangenen Folgendes geschehen.

Der Gefreite stellte, sobald er mit einem der Agenten und etwa zehn Mann von der Scharwache allein war, zwei oder drei Schildwachen an die Thür und die Fenster und begann dann, seiner ausgesprochenen Absicht gemäß, das Haus zu durchsuchen.

Die erste Thür, welche sich ihm darbot, war die des Cabinetes, wo Jane von Simeuse eingeschlossen war. Wir wissen schon, daß der Schlüssel zu dieser Thür sich in Gorju's Tasche befand, der Polizeiagent zog aber einen ganzen Bund Dietriche hervor und das Schloß gab ohne großen Widerstand nach.

Die Ueberraschung des Gefreiten war, wie man sich denken kann, außerordentlich, als er die Schwelle überschreitend in einem der Winkel des kleinen Gemaches ein junges, schönes, nur halb bekleidetes Mädchen, welches ihn mit verstörten Blicken betrachtete, zusammengeduckt sitzen sah.

Seiner Gewohnheit gemäß schritt er sofort zu einer Art Verhör. Wir wissen aber wohl, daß Jane ihn weder hören, noch verstehen konnte, und er bekam daher auf seine Fragen keine Antwort.

Der Gefreite war ein Mann von gesundem Menschenverstand und durchaus nicht inhuman. Er ließ das arme Wesen nicht hart an und eine aufmerksamere Prüfung brachte ihn sehr bald auf die Vermuthung, daß sie nicht recht bei Verstande sei.

Da er indessen während seiner so langen Amtsthätigkeit so manche gut einstudirte Komödie angesehen und manche mit wunderbarer Geschicklichkeit eingefädelte List vereitelt, so ließen ihn sein Instinct und seine Erfahrung immer noch an dem Zeugniß seiner Sinne zweifeln.

Deshalb ließ er zwei seiner Leute bei Jane mit dem Auftrage zurück, sie nicht aus den Augen zu verlieren, und setzte dann seine Nachforschungen weiter fort.

Die beiden Zimmer, oder vielmehr die beiden unter dem Dach angebrachten Kammern wurden sehr schnell explorirt. Sie enthielten durchaus nichts Verdächtiges. Geld fand man nirgends und echtes Gold ebensowenig als falsches. Nun ging der Gefreite wieder in das Erdgeschoß hinunter. Er hob die in der Diele des großen Zimmers angebrachte Fallthür und betrat die feuchten Stufen der schmalen Treppe, welche in den Keller führte.

In Folge der von Gorju verübten nächtlichen Räubereien war dieser Keller ziemlich gut versehen. Eine große Anzahl Fässer und Tonnen, theils voll, theils leer, waren an einer der Wände aufgestapelt. Auf der anderen Seite sah man in guter Ordnung aufgestellte Flaschen und einen ziemlichen Vorrath von Faschinen und Reisigbündeln.

Der Gefreite befahl einem der ihn begleitenden Soldaten, diesen Ruthenhaufen mit seinem Degen zu untersuchen; ehe dieser Befehl aber noch ausgeführt werden konnte, ließ sich ein Schreckensruf hören und Gothon, welche, gleich als die Polizei in das Haus eingedrungen war, sich hinter den Reisigbündeln versteckt hatte, faltete schluchzend die Hände und bat im Namen aller Heiligen, daß man ihr nichts zu Leide thun möchte.

Der Gefreite beruhigte sie so gut als er konnte, und als sie wieder ruhig genug war, um ihn anzuhören, richtete er eine Menge Fragen an sie, welche sie ohne Zögern und Rückhalt und in jenem Tone unnachahmbarer Freimüthigkeit beantwortete, welche die Macht besitzt, selbst die ungläubigsten Zuhörer zu überzeugen.

Aus den Antworten der Magd, in Bezug auf ihren Herrn, ging für den Gefreiten die Gewißheit hervor, daß Gorju, wenn er auch nicht zu der Falschmünzerbande gehörte, deren Spur die Polizei überall suchte, wenigstens ein Dieb von der gefährlichsten Sorte war, weil er oft des Nachts nach Hause kam und dann Gegenstände verschiedener Art und unbekannter Herkunft mitbrachte, die er sicherlich nicht gekauft hatte.

Ueber Coquelicot befragt, versicherte Gothon, daß sie den, der diesen Namen trüge, sehr wohl kenne, daß er oft das Wirthshaus besuche, daß sie aber nicht wisse, wer er sei, oder wo man ihn antreffen könne.

Dann sprach sie auch von Meister David, welchen sie zuweilen nennen hörte, den sie aber niemals gesehen.

Endlich erzählte sie, wie in der vergangenen Nacht, nach Coquelicot's fruchtlosem Besuch, Gorju nach Hause

gekommen war und ein junges wahnsinniges Mädchen mitgebracht, welches er, wie er erzählt, aus der Seine gezogen,
und deren Kleider von Wasser troffen.

Dieß bestätigte die Vermuthungen des Polizeibeamten
vollständig. Er zweifelte an Jane's wirklichem Wahnsinne
nun nicht mehr.

»Meine Tochter,« sagte er zu der Magd, als er sein
Verhör beendet hatte, »Ihr habt im Dienst eines großen
Bösewichts gestanden. Ich könnte und sollte vielleicht Euch
für seine Mitschuldige halten und Euch in's Gefängniß
schicken.«

Gothon unterbrach den Gefreiten mit lautem Geschrei
und indem sie ihre Unschuld so heftig und so lange be-
theuerte, daß ihr mit Nachdruck Schweigen geboten werden
mußte.

»Ich halte Euch nicht für schuldig,« hob der Gefreite
wieder an, »und ich werde Euch nicht verhaften. Dieses
Haus aber müßt Ihr verlassen.«

»Und wann denn, mein guter Herr?«

»Augenblicklich, — packt eure Sachen zusammen und
entfernt Euch.«

»Kann ich nicht wenigstens bleiben bis morgen?«

»Unmöglich. — Wir werden, wenn wir fortgehen,
die Thür verschließen und die Schlüssel mitnehmen.«

»Aber was soll ich beginnen?«

»Das geht mich nichts an.«

»Wissen Sie aber auch, mein guter Herr,« rief Gothon, wieder in Schluchzen ausbrechend, »wissen Sie, daß
dieser Spitzbube, für den ich mich halbtodt gearbeitet habe,

aber ein Jahr Lohn schuldig ist? Ach, Herr, mein Gott, h' ein unglückliches, armes Geschöpf ich doch bin!"

"Dennoch rathe ich Euch, diesen Verlust ruhig hinzu= men, und Euch glücklich zu schätzen, daß Ihr so wohl= l wegkommt. Noch einmal sage ich, rafft Alles, was uch gehört, zusammen und geht."

Fünf Minuten später hatte die arme Magd das Birthshaus verlassen, da es aber noch lange nicht Tag war und sie wirklich nicht wußte, wohin sie gehen sollte, so setzte sie sich Gorju's Garten ziemlich gegenüber auf einen Eckstein und weinte bitterlich über ihr unglückliches Schicksal und ihren Verlust an sauerverdientem Lohn.

Hier traf sie am andern Morgen bei Tagesanbruch ein Nachbar und ließ sich von ihr die Ereignisse der Nacht erzählen — Ereignisse, welche Niemand ohne sie gewußt oder auch nur geahnt hätte.

Der Gefreite und seine Leute verließen ihrerseits das Haus, nachdem sie die Läden mit Hilfe von eisernen Klam= mern, die sie im Innern des Gastzimmers angebracht, fest verwahrt hatten. — Dann verschlossen sie die Eingangs= thür und legten die Gerichtssiegel daran, worauf der Ge= freite, der Agent und die Soldaten der Scharwache sich entfernten.

Mitten unter diesem nicht sehr zahlreichen Trupp be= fand sich eine Frauengestalt, welche nur mit Mühe zu ge= hen schien und von zwei Mann geführt werden mußte. Diese Frauengestalt war Jane von Simeuse.

Die Unglückliche verbrachte die noch übrigen Stunden der Nacht in dem Châtelet und am nächsten Morgen mit Tagesanbruch schlossen die Thore der Salpetrière — jenes

furchtbaren Irrenhauses, dessen Name schon die gute
Mutter Ursula erbeben machte — sich hinter ihr.

Ueber das Thor dieses umfangreichen düsteren Gebäudes hätte man jenen Vers schreiben können, welchen
Dante in das eherne Thor seiner Hölle eingrub:

»Ihr, die Ihr hier eintretet, laßt alle Hoffnung hinter Euch.«

Bald werden wir ohne Zweifel der Verlobten René's
von Rieux, des Schlachtopfers der Goule und des Barons
von Kerjean, in diesen Abgrund des menschlichen Leidens
folgen.

Sechstes Capitel.

Der Mensch denkt.

Zehn Tage waren seit den letzten Ereignissen ver-
flossen, welche wir den Augen unserer Leser vorgeführt
haben.

Während dieser Zeit hatte kein wichtiger Vorfall die
Situation der Hauptpersonen dieser Geschichte verändert.

Die Ergebnisse der Razzia, welche die Polizei in
dem Wirthshaus der Rue de l'Arbre-Sec ausgeführt, waren
so gut wie gar keine. Herr von Sartine wußte immer noch
nicht, was er ein so großes Interesse hatte zu erfahren.

Vergebens nahm man mit Gorju und den in seinem
Hause festgenommenen Banditen wiederholt strenge Verhöre vor, vergebens wendete man sogar einige Grade der
Folter auf sie an — es gelang nicht, von ihnen irgend
einen nützlichen Aufschluß zu erhalten.

Gorju selbst würde, um seine Freiheit und vielleicht sein Leben zu retten, sicherlich nicht gezögert haben, alle Geheimnisse der Welt zu verrathen. Er sprach ein Langes und Breites von Meister David, aber war nicht im Stande, die Aufschlüsse zu geben, welche nothwendig waren, um Coquelicot festnehmen zu lassen.

Was die gemeinen Vagabunden betraf, welche ihr böser Stern an jenem Abend in Gorju's Herberge geführt, so waren sie ebensowenig im Stande, dem Criminalrichter etwas zu sagen und zwar aus dem ganz vortrefflichen Grunde, weil sie selbst nichts wußten.

Weder der eine noch die andern hatten jemals von dem Bund der Falschmünzer sprechen hören.

Demzufolge behielt man sie in Haft und wir wissen wirklich nicht, ob wir ihr Schicksal sehr bemitleiden sollen, denn es befand sich darunter nicht ein einziger, der nicht zwanzigmal die Galeeren verdient gehabt hätte.

So unbestimmt die erlangten Aufschlüsse auch waren, so durchwühlten doch die Agenten des Herrn von Sartine Paris nach allen Richtungen, um Meister David und Coquelicot zu entdecken. Wir wissen aber bereits, daß ihre Bemühungen zu nichts führen konnten, denn es war unmöglich, Verdacht gegen den Baron von Kerjean zu haben, und Coquelicot ward durch die Livrée des Teufelshotels unkenntlich gemacht.

Die Goule ihrerseits suchte René von Rieux, um an ihm einen Bundesgenossen für ihre Rache zu erlangen, aber sie suchte ihn vergebens. Entmuthigung und Verzweiflung bemächtigten sich ihrer und drückten sie mit jedem Tage tiefer zu Boden.

Das Brod der öffentlichen Mildthätigkeit vermochte kaum ihre erschöpften Kräfte aufrecht zu halten. Sie sah die Stunde herannahen, wo sie sich überwunden erklären und in dem Tode eine Zuflucht vor den Qualen ihres ohnmächtigen Hasses suchen würde.

Auch Kerjean war nicht glücklich, obschon er dem Anscheine nach das Ziel seiner ehrgeizigen Hoffnungen erreicht, ja noch übertroffen hatte.

Er litt alle Qualen der Ungewißheit und der Angst. Es gab für ihn keine Ruhe, keinen Schlaf mehr. Seine Lage ließ sich mit der eines Mannes vergleichen, welcher auf einem unterminirten Boden wandelt und jeden Augenblick denselben unter seinen Füßen sich öffnen und ihn verschlingen zu sehen erwartet.

Daß ein Tag nach dem andern verging, ohne die Verwirklichung der Drohungen des Marquis von Rieux herbeizuführen, beruhigte ihn keineswegs. Er wußte recht wohl, daß René nicht der Mann war, der ihn friedlich in der Ungestraftheit seiner Verbrechen leben ließe, und er sagte sich selbst, daß dieser furchtbare Feind ohne Zweifel blos eine günstige Gelegenheit erwartete, um ihn mit einem einzigen Schlage zu vernichten.

Jeden Abend fragte er Coquelicot:

»Nun! — Hat man gefunden? — Weiß man etwas?«

»Nein, noch nichts, Herr Baron,« antwortete der Bandit; »aber man sucht eifriger als je. Alle meine Leute verdoppeln ihre Thätigkeit und ich schmeichle mir, daß bald ein glücklicher Erfolg das Werk krönen werde.«

»Nun, dann komm und melde mir diesen Erfolg!«

rief Luc. »und ich werde der Belohnung, die ich Dir versprochen, noch zehntausend Livres hinzufügen.«

Die Ungeduld und Unruhe des Marquis von Rieux stieg beinahe auf dieselbe Höhe wie die Kerjean's, Rene wünschte so bald als möglich seinen nichtswürdigen Nebenbuhler zu entlarven, die Abenteurerin, deren wahren Namen er nicht kannte, zu züchtigen und Jane von Simeuse zu rächen, im Fall es zu spät wäre, sie zu retten. Wir wissen aber, daß er allein handeln wollte, ohne den Beistand des Polizeilieutenants, nur mit Beihilfe Goldknopf's und Dagobert's und er wunderte sich über die Langsamkeit des Zwerges und des Riesen, an deren Treue zuweilen Zweifel in ihm aufstiegen.

Hierin aber hatte er Unrecht. Die in seinem Solde stehenden beiden Menschen waren allerdings verstockte Schurken und wir sind weit entfernt, die Aufrichtigkeit ihrer Bekehrung verbürgen zu wollen, aber sie spielten ihre Rollen in der gefährlichen Komödie, deren Zweck wir kennen, gewissenhaft, und wollten um jeden Preis die famosen Begnadigungsbriefe verdienen, welche sie auf immer vor dem Galgen bewahren sollten.

Während der seit ihrer Vorstellung durch Cocodrille und ihrer Aufnahme unter die Falschmünzer vergangenen zwei Wochen hatten sie einen unermeßlichen Fortschritt gemacht und das Vertrauen ihrer Cameraden und das Kerjean's selbst vollständig oder doch so ziemlich gewonnen.

Goldknopf, der mit einer außerordentlichen, ins Unwahrscheinliche grenzenden Körperkraft begabt war, bildete den Gegenstand einer enthusiastischen Bewunderung, die ihn beinahe zu einer wichtigen Persönlichkeit machte. Luc sah während seiner häufigen nächtlichen Besuche in den unterirdischen Räumen des Teufelshotels gern zu, wenn der Riese mit einer einzigen Hand einen Hammer von einem ungeheuren Gewicht emporhob, ihn ohne die mindeste Anstrengung schwang und mit donnerndem Getöse auf eine Metallbarre niederfallen ließ, oder wenn er, mit einer riesigen eisernen Zange bewaffnet, die mit flüssigem Metall gefüllten rothglühenden Schmelztiegel aus dem Ofen nahm, oder auch wenn er mit seinem gewaltigen Athem das Feuer eben so mächtig anfachte, als es durch einen Schmiedeblasbalg hätte geschehen können.

Dagobert war allerdings weit entfernt, durch seine Muskelkraft zu glänzen; der außergewöhnliche Witz und Scharfsinn des gebrechlichen Zwerges aber machte ihn der Falschmünzerbande unschätzbar.

Obschon bis diesen Augenblick der im Dunkeln schleichenden Industrie, in welche er jetzt eingeweiht ward, völlig fremd, wußte er doch stets einen guten Rath zu geben, oder irgend eine sinnreiche Verführungsweise vorzuschlagen. Man folgte seinen Andeutungen und befand sich sehr wohl dabei.

Kerjean dachte schon im Stillen daran, Dagobert zur Würde eines Werkmeisters zu erheben. Was Goldknopf betraf, so konnte Luc ihn nicht ohne eine Art Stolz betrachten, der ungefähr dem des alten Königs von Preußen glich, wenn er seine riesigen Grenadiere die Musterung passiren ließ.

Der Riese und der Zwerg ließen sich übrigens beide nicht durch die offenbare Gunst blenden, deren sie sich erfreuten. Sie verloren ihre Begnadigungsbriefe nicht aus den Augen und demzufolge auch ebensowenig das einzige Mittel, welches zu ihrer Verfügung stand, um sie so bald als möglich zu verdienen.

Wir wollen uns in diesem Augenblick mit Dagobert und Goldknopf beschäftigen und mit ihnen wieder zu unserer durch diese nothwendigen Erklärungen unterbrochenen Geschichte zurückkehren.

Am eilften Tage nach der Verhaftung Gorju's und seiner Gäste, der Einsperrung Jane's von Simeuse in die Salpetrière und der Flucht Perinens, gegen neun Uhr Morgens, blieben der Riese und der Zwerg in der Rue de la Cerisaie vor dem uns bekannten Gitterthor stehen und gaben das Signal, welches wir mehr als einmal gehört haben und welches der Marquis stets mit Ungeduld erwartete.

Es war diesmal nicht Herr von Rieux selbst, der ihnen zu öffnen kam, sondern sein in voriger Woche von Brest eingetroffener Kammerdiener, auf welchen René das unbedingteste Vertrauen setzte. Dieser Diener führte die beiden Besucher in den kleinen Salon des Erdgeschosses.

Goldknopf's breites, verthiertes Gesicht sah heute lebhafter und munterer aus als gewöhnlich. Die kleinen Augen Dagobert's funkelten.

»Wir haben die Ehre, Ihnen unsere tiefe Ehrerbietung zu bezeigen, Herr Marquis,« sagte der Zwerg, indem er sich bis zur Erde verneigte.

»Ich begann schon beinahe zu verzweifeln, daß ich Euch jemals wiedersehen werde!!« rief René.

»Da haben Sie uns Unrecht gethan, Herr Marquis,« murmelte Dagobert ehrerbietig.

»Aber warum habt Ihr mich so lange ohne Nachricht gelassen?«

»Weil wir Ihnen nichts Neues oder Interessantes zu melden hatten, Herr Marquis.«

»Während Ihr heute — ?« fragte der Marineofficier lebhaft.

»Während wir heute im Stande sind, Sie zufrieden= zustellen, Herr Marquis,« vollendete Dagobert.

»Vollständig?«

»Nicht ganz hinreichend, um diese Nacht oder morgen handeln zu können, obschon es hinfort nur noch eine Frage der Zeit sein wird. Der Verzug wird ein kurzer sein und das Gelingen scheint mir gewiß.«

Die Blicke des Marquis begannen zu funkeln.

»Nun, so redet,« sagte er, »redet schnell, was habt Ihr mir mitzutheilen?«

Dagobert zog aus seiner Tasche zwei Gegenstände, welche er vor dem Marquis auf einen Tisch legte.

»Was ist das?« fragte der Marquis.

»Ein neuer Schlüssel und ein Stück Wachs mit einem Abdruck, wie Sie sich durch einen einzigen Blick überzeugen können, Herr Marquis.«

»Was für ein Schlüssel ist es?«

»Der zur ersten Thür des Ganges, welcher die Ver= bindung zwischen den unterirdischen Räumen und den in= neren Gemächern des Teufelshotels bildet.«

»Und der Abdruck?«

»Ist der des Schlosses an der zweiten Thür. Schon morgen wird der geschickte Mann, der diesen Schlüssel hier gefertigt, nach diesem Abdruck arbeiten, und ich kann ver=

sichern, daß er nicht nöthig haben wird, zweimal zu beginnen, um ein vollkommenes Werk zu liefern.«

»Der geheime Gang hat also blos zwei Thüren?«

»Nicht mehr und nicht weniger, Herr Marquis. Ich habe mich davon in der vergangenen Nacht, während der Baron von Kerjean die Werkstätte besuchte, mit eigenen Augen überzeugt. Ich spielte ein gewagtes Spiel, nicht wahr? Aber was wollen Sie sagen? Wer nichts wagt gewinnt nichts. — Die zweite Thür ist ungefähr im dritten Theile des Ganges angebracht. Sie war offen stehen geblieben und ich konnte mit aller Bequemlichkeit den Abdruck nehmen, der uns erlauben wird, sie wieder zu öffnen, sobald es uns beliebt. Ist man einmal bis an das äußerste Ende des Ganges gelangt, so braucht man nur noch eine Treppe zu ersteigen und eine Fallthür zu heben, um sich sodann in einem der Salons des Hotels zu befinden.«

»Sehr schön; aber der Gang ist ohne Zweifel im Innern bewacht.«

»Nein, das ist er nicht.«

»Wißt Ihr das gewiß?«

»Ganz gewiß, der Baron von Kerjean verläßt sich allem Anscheine nach auf die Stärke seiner Thüren und auf die Festigkeit seiner Schlösser, ohne zu ahnen, daß irgend Jemand auf der Welt ein Interesse daran haben könne, sich auf diesem geheimnißvollen Wege in seine Wohnung einzuschleichen. Sollte ich mich übrigens irren, so hätte dies weiter nicht viel zu sagen. Gesetzt, es käme uns Jemand in den Weg, wenn wir den Gang durchschritten, so wäre es blos schlimm für diesen Jemand. Goldknopf würde sein Messer spielen lassen.«

»Pardieu!« rief der Riese; »o, seien Sie unbesorgt — darauf verstehe ich mich!«

»Blut!« murmelte René mit sichtlichem Widerstreben.

»Ich habe die Ehre, Ihnen nochmals zu sagen, Herr Marquis,« entgegnete Dagobert, »daß der Fall ganz un= wahrscheinlich ist. Wir werden auf Niemand stoßen wenigstens nicht in dem Gange — denn sind wir einmal in das Innere des Hotels hinein, so stehe ich für nichts mehr.«

»Sobald wir die Schwelle des Hotels überschritten haben, wird sich die Situation natürlich sofort anders ge= stalten,« antwortete der Marquis. »Wenn man uns dann mit Gewalt zurücktreiben will, so werden wir ebenfalls Gewalt anwenden und das Recht ist dann für uns.«

»Das ist klar wie der Tag,« bemerkte Goldknopf.

»Aber,« fuhr René fort, »um das kühne Unterneh= men glücklich und mit Erfolg durchzuführen, dürfen wir, wie mir scheint, nicht auf unsere eigenen Kräfte angewiesen bleiben.«

»Das ist auch meine Meinung,« sagte Dagobert.

»Kennt Ihr unter Kerjean's Leuten, mit welchen Ihr in fortwährende Berührung kommt, vielleicht einige, welche sich erkaufen lassen, ohne daß man von ihrer Seite Ver= rath zu fürchten hätte?«

»Käuflich sind Alle, aber ich möchte mich nicht Allen anvertrauen. Es gibt ihrer kaum zwei oder drei, auf die ich glauben würde zählen zu können. Ermächtigen Sie mich, Herr Marquis, mit diesen Letzteren zu unterhandeln und ein Abkommen zu treffen, welches Sie sich anheischig machen, nach dem glücklichen Erfolge zu ratificiren?«

»Ich gebe Euch in dieser Beziehung unumschränkte Vollmacht.«

»Selbst wenn ich so weit ginge, Begnadigungsbriefe zu versprechen?«

»Sind die Leute, von welchen Ihr sprecht, Mörder?«

»Nein, durchaus nicht, Herr Marquis; sie haben blos kleine Sünden auf dem Gewissen. Es sind einfache, schlichte Spitzbuben.«

»In diesem Falle würde ich mich für sie bei dem Polizeilieutenant verwenden und Herr von Sartine wird, wenn er durch mich von den Falschmünzern befreit wird, mir nichts zu verweigern haben.«

»Wenn dem so ist, Herr Marquis, so können Sie auf drei neue, vollkommen ergebene und treue Bundesgenossen rechnen.«

»Wenn wir daher meinen Kammerdiener, dessen Muth und Hingebung für mich keine Grenzen kennt, noch mit dazunehmen, so sind wir unser Sieben,« hob René wieder an. »Ist dies genug?«

»Vollkommen genug, um mitten in der Nacht ein Weib zu entführen,« sagte Dagobert im Tone der Ueberzeugung. »Sämmtliche Diener werden schlafen und ehe sie Zeit haben, aufzuwachen, sind wir schon weit.«

»Ich werde einen Wagen in der Rue d'Enfer haben,« fuhr René fort, »und ich selbst werde die Stelle des Kutschers versehen, wenn nach glücklich beendeter Expedition die Baronin von Kerjean in unseren Händen ist.«

»Wann wollen Sie handeln, Herr Marquis?«

»Sobald es möglich, doch ist es an Euch und nicht an mir, den günstigen Augenblick zu bestimmen.«

»Nun wohlan, heute Nacht werden wir unsere Leute
bearbeiten — morgen wird der zweite Schlüssel fertig sein
— die nächstfolgende Nacht werden wir uns überzeugen,
daß dieser Schlüssel gut schließt, und wenn Sie, Herr Mar=
quis, es angemessen finden, so können wir dann das Aben=
teuer während der zweiten Nacht nach der jetzt beginnenden
versuchen.«

»So sei es,« sagte René. »Werde ich Euch bis dahin
noch einmal wiedersehen?«

»Nein, es müßte sich denn irgend ein unvorhergese=
henes Hinderniß herausstellen, von welchem wir Sie, Herr
Marquis, in Kenntniß setzen müßten.«

»Zu welcher Stunde wollen wir uns treffen?«

»Um Mitternacht.«

»Wo werde ich Euch wiederfinden?«

»In der Rue Tombe=Issoire an der Thür der Ein=
hegung.«

»Wie wird es Euch gelingen, mich und meinen Kam=
merdiener in die unterirdischen Räume einzulassen?«

»Nichts wird leichter sein als das. Sie, Herr Mar=
quis, werden sich durch die groben Arbeitskleider unkennt=
lich machen, mit welchen wir, Goldknopf und ich, Sorge
tragen werden, uns zu versehen. Wir werden Ihnen über=
dies Gesicht und Hände schwärzen. Der Kammerdiener
wird für seine Person dieselben Vorsichtsmaßregeln an=
wenden. Ich werde die Ehre haben, Sie zu geleiten, Herr
Marquis, und Ihnen die Parole mittheilen. Die Schild=
wache kennt mich übrigens und wird nichts Außergewöhn=
liches sehen. Goldknopf und der Kammerdiener werden es
machen wie wir. Einmal in den unterirdischen Räumen,

werde ich meinen drei Leuten ein Zeichen geben. Wir wer=
den uns vereinigen, um eine Gruppe um Sie, Herr Mar=
quis, zu bilden und Sie gegen Aller Blicke zu schützen. Dann
werden wir unsere Schritte nach der Thür des großen
Ganges lenken. Sobald diese Thür geöffnet ist, um uns
einzulassen, und sich wieder hinter uns geschlossen hat,
haben wir gewonnenes Spiel, denn es würde unmöglich
sein, uns zu verfolgen, selbst wenn man unser plötzliches
Verschwinden bemerkte, was mir ein wenig unwahrschein=
lich dünkt. — Sie sehen, Herr Marquis, daß Alles vor=
gesehen ist, und wenn das Verhängniß unser Unternehmen
dennoch im letzten Augenblick scheitern läßt, so wird es
wenigstens nicht in Ermanglung eines klug entworfenen
und weislich überlegten Planes geschehen.«

»Ich glaube an den Erfolg — ich glaube von ganzer
Seele daran,« antwortete René. »Uebrigens lasse ich
eurem Eifer und euren Diensten volle Gerechtigkeit wider=
fahren. Was auch kommen möge, so habt Ihr jedenfalls
die versprochene Belohnung reichlich verdient, und diese
Belohnung soll Euch nicht fehlen.«

»Also,« fragte Dagobert mit wahrhaftem Entzücken,
»also, Herr Marquis, unsere Begnadigungsbriefe — ?«

»Werden Euch in drei Tagen durch mich eingehändigt
werden, darauf gebe ich Euch mein Ehrenwort.«

»Es lebe der Herr Marquis!« riefen Dagobert und
Goldknopf wie aus einem Munde. »Gesegnet sei die Hand,
die uns rettet!«

Die beiden Banditen verließen hierauf den Pavillon
in der Rue de la Cerisaie, nachdem der Zwerg noch ein
letztes Mal wiederholt: »In zwei Tagen, Herr Marquis,

um Mitternacht — Rue Combe=Iffoire, an der Thür
der Einhegung.«

»Ja, ja,« entgegnete René lebhaft. »Seid unbesorgt,
ich werde Euch nicht warten lassen.«

Siebentes Capitel.

Der Zufall lenkt.

Am nächstfolgenden Tage zur gewohnten Stunde, das
heißt zwischen zehn und eilf Uhr Abends, kamen Dagobert
und Goldknopf in den unterirdischen Räumen an und wid=
meten sich — wenigstens anscheinend — ihrer gewohnten
Arbeit mit großem Eifer. Der Zwerg hatte den Nach=
schlüssel zur zweiten Thür des Ganges in der Tasche und
sich, wie wir von ihm selbst gehört, vorgenommen, ihn
noch diese Nacht zu versuchen.

Gegen Mitternacht drehte sich die Thür des zu den
unterirdischen Räumen führenden Corridors geräuschlos in
ihren geölten Angeln und Kerjean erschien. Nur selten
ließ der Baron vierundzwanzig Stunden vergehen, ohne
einen Besuch in den Werkstätten abzustatten. Er überwachte
nicht blos gern die geheimen Arbeiten seiner Banditen,
sondern setzte sich auch gern in Beziehungen zu den
Cameraden von der Fackel, welche er gleichsam als eine
unbedingt ergebene und treue Leibwache betrachtete.

Dagobert erwartete den Augenblick dieses Besuches,
um zu handeln. Den Umstand, daß die allgemeine Auf=
merksamkeit sich dem Haupte des geheimnißvollen Bundes

zuwendete, benutzend, schlich er sich rasch nach dem Gange, öffnete die durch Kerjean wieder verschlossene erste Thür und lenkte seine Schritte, so schnell als seine kurzen Beine ihm gestatteten, nach dem zweiten Ausgang, den er sehr bald erreichte.

Hier steckte er den Schlüssel in das Schloß und erhielt sofort den Beweis, daß der Schlosser, der für ihn nach dem Abdruck gearbeitet, sich seiner Aufgabe auf's Gewissenhafteste entledigt hatte. Kein Geräusch ließ sich hören, kein Widerstand gab sich kund — der Riegel spielte in dem Schlußhaken mit vollkommener Gelehrigkeit und die Thür öffnete sich sofort.

„Das geht gut!" dachte Dagobert. „Der Marquis von Rieux wird zufrieden sein."

Er stand im Begriff, die Thür wieder zu schließen und sich zurückzuziehen, fuhr aber heftig zusammen, als er bei dem bleichen Schein der an dem Gewölbe hängenden Laterne eine lange magere menschliche Gestalt erblickte, die nur wenige Schritte von ihm entfernt stand und ihn unverwandt ansah.

Diese menschliche Gestalt war die Coquelicot's. Der Bandit, welcher eben in das Teufelshotel zurückgekehrt war und nach dem Baron gefragt hatte, um ihm über eine Mission, womit er von ihm beauftragt worden, Bericht zu erstatten, hatte von Morales erfahren, daß Kerjean sich in den unterirdischen Gewölben befand. Um seinen Eifer zu beweisen, hatte er sich sofort entschlossen, ihm unverweilt dorthin zu folgen.

„Dieses lächerliche Gesicht und diese groteske Gestalt habe ich schon irgendwo gesehen," sagte Coquelicot bei sich selbst, indem er Dagobert musterte, dessen Unruhe und Aengstlichkeit ihm nicht entging. Dann setzte er laut hinzu:

»Wer seid Ihr, Freund?«

»Wer ich bin?« wiederholte der Zwerg, indem er sich bemühte, seine Dreistigkeit wiederzugewinnen. »Pardieu, ich sollte meinen, dies wäre nicht schwer zu errathen — ich bin ein Camerad von der Fackel.«

»Und was wollt Ihr hier machen?«

Eine befriedigende Antwort auf diese Frage war schwierig, um nicht zu sagen unmöglich. Dagobert suchte sich dadurch aus der Affaire zu ziehen, daß er den Offen= herzigen spielte.

»Lüge kenne ich nicht,« antwortete er, »lieber will ich Euch die Wahrheit sagen. Ich bin von Natur ein wenig neugieriger, als es eigentlich erlaubt ist. Als ich die Thür des Ganges offen fand, wollte ich sehen, wohin dieser Gang führte. Ich habe vielleicht unrecht daran ge= than, aber den Hals kann es unmöglich kosten.«

Die Sache konnte wahr sein und Coquelicot ließ sie dafür gelten.

»Der Baron,« antwortete er, »liebt die Neugier nicht. Wenn er Euch hier ertappt hätte, so hätte es Euch theuer zu stehen kommen können. Kehrt daher auf's Schnellste wieder in die unterirdischen Gewölbe zurück und rühmt Euch, wenn ich Euch rathen soll, nicht, daß Ihr so mit einem blauen Auge weggekommen seid.«

Dagobert ließ sich dies nicht zweimal sagen, sondern drehte sich auf dem Absatz herum und verschwand.

Coquelicot folgte ihm langsamer, indem er sich aber= mals fragte:

»Wo zum Teufel habe ich nur diesen buckligen Schuft schon gesehen?«

Die Ungewißheit des Banditen in dieser Beziehung war übrigens nicht von langer Dauer. Kaum hatte er in den unterirdischen Räumen hundert Schritte nach der Stelle zurückgelegt, wo er Kerjean von Falschmünzern umringt stehen sah, so fand er sich Goldknopf gegenüber. Der Riese schwang einen ungeheuren Hammer über den Amboß. Der helle Schein des Schmiedefeuers beleuchtete das markirte Gesicht. Niemand, der es einmal gesehen, hätte es je wieder vergessen können.

»Ich irre mich nicht,« dachte Coquelicot, in welchem auf einmal eine Menge Erinnerungen aufstiegen, »dieser Mensch ist derselbe, der mich während der Nacht des Balles so übel zurichtete. Er arbeitete damals auf Rechnung des Marquis von Rieux und der kleine Bucklige war sein Begleiter. Wie kommen sie nur heute beide in den Sold Kerjean's und unter die Cameraden von der Fackel? Das scheint mir verdächtig — der Degenstoß dieses Riesen hätte mich beinahe in die Unterwelt befördert. Ich habe geschworen, mich dafür zu rächen. Wenn ich mich nicht sehr irre, so wird diese Rache nun nicht lange mehr auf sich warten lassen.«

Goldknopf, der ganz in seine Arbeit vertieft war, hatte Coquelicot nicht bemerkt. Uebrigens hätte er ihn vielleicht auch gesehen, ohne ihn wieder zu erkennen.

Der Bandit entfernte sich von ihm, setzte seinen Weg fort und näherte sich Kerjean. Dieser letztere verließ, um ihm entgegenzugehen, die Gruppe, in deren Mitte er stand.

Coquelicot führte seinen Herrn bei Seite und setzte ihn in wenigen Worten von den Beweggründen in Kenntniß, welche ihn in die unterirdischen Räume führten. Dann setzte er hinzu:

»Nun habe ich Ihnen, Herr Baron, noch etwas Anderes, weit Wichtigeres mitzutheilen.«

»Was denn?«

»Sie glauben wohl, Herr Baron, dieser Leute hier sicher zu sein?«

»Versteht sich — sie haben ja alle die Prüfungen durchgemacht — sie haben alle den Eid geleistet — alle wissen, welches Schicksal ihrer harrte, wenn sie zu Verräthern würden. Es ist mir unmöglich, an ihnen zu zweifeln. — Warum richtest Du diese Frage an mich, Coquelicot?«

»Weil ich die Gewißheit habe, daß Sie sich irren, Herr Baron, und daß es unter den Cameraden von der Fackel Verräther gibt.«

»Die Gewißheit?« rief Kerjean.

»Ja, Herr Baron, die Gewißheit. Ich bitte Sie aber, sprechen Sie leise. Die Ohren, welchen ich mißtraue, sind in unserer Nähe und können uns hören.«

»Verräther sollten hier sein?« wiederholte Kerjean. »Aber in welcher Absicht? In welchem Interesse? Kannst Du mir für das, was Du da behauptest, einen unwiderleglichen Beweis liefern?

»Ja, das kann ich.«

»Nun, dann thue es auf der Stelle.«

»Haben Sie vorher die Güte, Herr Baron, die nöthi-

gen Befehle zu ertheilen, damit Niemand in diesem Augenblicke die unterirdischen Räume verlassen könne.«

»Es sei — ich werde diese Befehle ertheilen.«

Kerjean gab ein Zeichen. Sofort näherte sich einer
der Cameraden von der Fackel.

Dieser Mann bekleidete in der unheimlichen Armee
des Barons einen gewissen Grad und war beauftragt, den
Schildwachen ihre Instructionen und die Parole mitzutheilen.

»Die Thore sämmtlicher Gänge sollen augenblicklich
geschlossen werden,« sagte Luc in gebieterischem Tone zu
ihm, »und die Schildwachen sollen gegen Jeden, der aus
den unterirdischen Räumen zu entwischen versuchen würde,
von ihren Waffen Gebrauch machen. Geht, und verliert
kein Wort über die Instruction, die ich Euch so eben
ertheilt. Niemand darf dieselbe erfahren, als wen sie
angeht.«

Der Camerad von der Fackel verneigte sich vor dem
Baron, und entfernte sich, um zu gehorchen.

»Ich habe gethan, was Du begehrtest,« hob Luc zu
Coquelicot gewendet wieder an. »Jetzt sprich.«

»Ich bin bereit.«

»Wie viel gibt es angebliche Verräther?«

»Es sind ihrer zwei.«

»Zeige sie mir.«

Der Geierblick des Banditen suchte unter der Menge,
und fand den Riesen und den Zwerg ohne Mühe. Seine
ausgestreckte Hand machte den Baron erst auf den Einen,
dann auf den Andern aufmerksam.

»Wie?« rief Kerjean, »Dagobert und Goldknopf —

zwei Neuangeworbene, welchen ich blindes Vertrauen schenkte und welche für mich die Intelligenz und die Kraft repräsentirten? Weißt Du auch gewiß, daß Du Dich nicht irrst?«

»So gewiß, als ich in diesem Augenblicke mit dem Herrn Baron von Kerjean spreche.«

»Dann stehen diese beiden Menschen ohne Zweifel im Solde des Polizeilieutenants?«

»Nein,« antwortete Coquelicot, den Kopf schüttelnd.

»Aber in wessen sonst?«

»In dem eines Mannes, den wir vergebens suchen würden, den wir aber, Dank den durch den Zufall uns in die Hände gespielten Leitfaden, nun endlich finden werden — in dem Sold des Marquis René von Rieux.«

Kerjean machte eine Geberde der Bestürzung.

»Ha!« stammelte er, »das wäre zu schön! Wenn Du die Wahrheit sprichst, so ist dein Glück gemacht.«

»Nun, dann kann ich mich schon von diesem Augenblicke an als reich betrachten.«

»Du hast mir aber erst die versprochenen Beweise zu liefern.«

»Hier sind sie, Herr Baron.«

Coquelicot erzählte kurz, auf welche Weise er Dagobert wenige Minuten vor diesem Augenblicke in dem geheimen Gange begegnet sei, und schilderte die schlechtverhehlte Verlegenheit des Zwerges, als derselbe sich entdeckt gesehen, seine ungeschickten, unwahrscheinlichen Antworten und seinen schnellen Rückzug. Er fügte hinzu, der Zwerg sei der Camerad des Riesen, welcher in der Nacht des in dem Teufelshotel gegebenen Balles beauftragt gewesen, den schwarzen Büßermönch, oder vielmehr den Marquis René von Rieux gegen alle Verfolgungen zu schützen.

»Und er hat sich seiner Aufgabe gewissenhaft entledigt,« setzte Coquelicot, als er mit seiner Erzählung fertig war, hinzu. »Ich habe vortreffliche Gründe, um davon überzeugt zu sein.«

So wie Coquelicot sprach, fühlte der Baron die Macht der Ueberzeugung immer mehr und mehr.

»Ja, ja,« sagte er bei sich selbst, »die Sache ist einleuchtend! — diese Menschen stehen im Solde René's von Rieux. Durch sie hat er das Geheimniß der unterirdischen Gänge erfahren. Ihre Aufnahme unter die Cameraden der Fackel, ihre fortwährende Anwesenheit an diesem Orte birgt irgend einen geheimnißvollen Plan, irgend ein gegen mich angezetteltes Complott. Mein Feind erwartete seine Stunde, ohne Zweifel aber ist es die meine, welche bald schlagen wird.«

Coquelicot's lauschendes Ohr hatte von diesem mit halber Stimme gesprochenen Monolog auch nicht ein Wort verloren.

»Was befehlen Sie, Herr Baron?« fragte er.

»Man bemächtige sich dieser beiden Menschen,« antwortete Luc. »Man binde sie und bewache sie, so daß sie kein Wort mit einander wechseln können. Ich werde sie einzeln verhören.«

»Nichts ist leichter als dies, aber ich kann hier nicht befehlen. Diese wackeren Leute kennen mich nicht, und würden sich weigern, mir zu gehorchen.«

Kerjean rief den Mann, von welchem wir schon gesprochen, und welcher unter den Falschmünzern eine gewisse Autorität besaß, abermals zu sich.

»Der Herr da,« sagte er, indem er auf Coquelicot zeigte, »kennt meinen Willen und wird Euch denselben kund= geben. Gehorcht ihm wie mir selbst.«

Coquelicot und der Camerad von der Fackel ver= schwanden mitten unter den Gruppen.

Einige Minuten vergingen, dann sah Kerjean zwei Trupps, eine von sechs, die andere von drei Mann auf Goldknopf und auf Dagobert zumarschiren.

Der Bandit folgte von Weitem den sechs Mann, die gerade auf den Amboß zuschritten, auf welchem der Riese schmiedete. Ganz in seine Arbeit versunken, führte der ehe= malige Piqueur des Prinzen von Guémené furchtbare Schläge auf eine ungeheure Metallbarre. Er hob und senkte seinen Hammer mit mechanischer Regelmäßigkeit und her= kulischer Kraft, ohne dem, was um ihn her vorging, die mindeste Aufmerksamkeit zu widmen.

Man denke sich daher seine Ueberraschung und Wuth, als er sich plötzlich den schweren Hammer, aus welchem er sich eine furchtbare Waffe hätte machen können, entrissen sah, während gleichzeitig acht kräftige Arme seinen Leib und seine Beine umschlangen, seine Bewegungen lähmten und ihn mit Gewalt, wie eine träge Masse, auf den Boden niederwarfen.

Auf diese Weise überrumpelt, stieß der Riese ein dum= pfes Stöhnen oder vielmehr ein unartikulirtes Gebrüll aus, beinahe gleich dem des Stieres, der sich an der Schwelle des Schlachthauses in seinen Fesseln sträubt. Kaum von seiner ersten Betäubung zurückgekommen, versuchte er zu kämpfen, nahm seine Kräfte zusammen und strengte seine Muskeln zu einem ungeheuren Versuche an, um seine Angreifer von sich zu schütteln und sich mit einem einzigen Sprunge wieder auf die Füße zu erheben.

Es war aber vergebens. Schon umschnürten ihn unzerreißbare Stricke und Riemen und machten seine Ohnmacht vollkommen. Dennoch aber war seine Körperstärke so ungeheuer, daß er sich und die auf ihm knienden sechs Mann um einige Zoll in die Höhe hob. Aber schwerfällig sank er wieder nieder und sein Wuthgebrüll erstarb in der zusammengeschnürten Kehle.

Nun ward sein Gesicht dunkelroth — die Adern seiner Stirn und seines Halses schwollen übermäßig an — seine Augen wurden von Blut unterlaufen und einige Secunden lang konnte man glauben, daß ein plötzlicher Schlagfluß den Riesen in das Jenseits spediren werde.

»Rasch! rasch!« rief Coquelicot, der diesen beunruhigenden Symptomen mit seinem Blicke folgte. »Stellt ihn auf die Füße, sonst ist es um ihn geschehen. Er darf nicht sterben — bei allen Teufeln — er muß sprechen!«

Die sechs Mann machten sich an's Werk und es gelang ihnen, wiewohl nicht ohne Mühe, den Riesen aufzurichten und auf den Füßen zu erhalten. Goldknopf war so schwer wie eine Statue von Marmor oder Erz. — Er war wie vernichtet. Er versuchte nicht mehr zu kämpfen — er suchte nicht einmal mehr sich aufrecht zu erhalten. Die sechs Mann mußten sich um ihn herumstellen, wie eben so viel Strebepfeiler, um ihn nicht von Neuem umstürzen zu lassen.

Die beunruhigende Färbung seines Gesichtes war verschwunden — die Adern wurden dünner — die Augen

hatten nicht mehr den Ausdruck der Wuth, sondern voll=
ständiger Verstörtheit.

Coquelicot athmete auf.

»Endlich ist er außer Gefahr,« murmelte er. »Ich
glaubte wirklich, er würde den Geist aufgeben. Aber, dem
Teufel sei Dank! nun geht Alles gut. Wer seine Schulden
bezahlt, bessert seine Güter!« setzte der Bandit mit hämi=
schem Lächeln hinzu; »ich habe von ihm einen Degenstoß
erster Sorte erhalten — ich mache mich verbindlich, ihm
denselben mit Wucherzinsen zurückzugeben.«

Während dies in der Nähe des Amboßes und des
Schmiedeofens geschah, entledigten sich die drei Männer,
welche wir ihre Schritte auf Dagobert hatten zulenken sehen,
ihrer sehr leichten Aufgabe, indem sie sich der armseligen
Person des Zwerges bemächtigten.

Der unglückliche kleine Mann kannte seine Schwäche.
Er versuchte nicht einen Widerstand, dessen Nutzlosigkeit
ihm im Voraus einleuchtete. Er überließ willenlos seine
langen magern Arme den rauhen gewaltthätigen Händen,
welche dieselben packten und ihm auf den Rücken banden.
Er stieß keinen Schrei aus — er ließ keine Klage hören —
er richtete nicht einmal eine Frage an Die, welche ihn auf
so vollständig unerwartete Weise festnahmen.

Er begnügte sich damit, daß er sich selbst fragte:
»Was soll das heißen? Was weiß man? — Was arg=
wohnt man? Dagobert, mein armer Freund, ich glaube,
daß Du da in eine sehr gefährliche Patsche gerathen bist.
Du bist, um dem Stricke zu entgehen, thörichterweise dem
Wolfe in den Rachen gelaufen. Da hast Du es nun weit
gebracht mit deinem Begnadigungsbriefe. — Ziehe Dich

heraus, wenn Du kannst — ich wünsche, daß es Dir gelinge,
aber ich würde Dir keinen Thaler für deine Haut geben.«

Achtes Capitel.

Die Verhöre.

Die gewaltthätigen Auftritte, welchen wir unsere Le=
ser haben beiwohnen lassen, hatten nicht geschehen können,
ohne große Aufregung, gewaltige Unruhe und fieberhafte
Neugier in den unterirdischen Gewölben hervorzurufen.

Niemand begriff, was vorging. Selbst die, welche die
durch Coquelicot übermittelten Befehle des Barons aus=
geführt hatten, kannten nicht den Grund dieser Befehle. —
Die Cameraden von der Fackel befragten einander und
keine Stimme konnte antworten. Alle hatten die Arbeit
verlassen. Die Blasbälge standen still. Man hörte weder
die Hämmer, noch die Prägstöcke arbeiten. Ein fortwäh=
rendes Gemurmel, welches mit jeder Secunde höher stieg,
grollte unter den Gewölben und drohte geradezu betäubend
zu werden.

»In einem solchen Tumult ist es unmöglich, sich zu
verständigen,« murmelte Kerjean. »Ich werde Schweigen
gebieten. Aber wird man mir Gehör geben?«

Gleichzeitig machte er eine Geberde, in deren Bedeu=
tung man sich unmöglich irren konnte. Augenscheinlich stand
das Oberhaupt der Falschmünzerbande im Begriffe zu
sprechen.

Die ihm am nächsten stehenden Gruppen schwiegen

augenblicklich. Ihr Beispiel ward sofort befolgt. Allmälig verminderte sich der Lärm. Bald hörte man nichts mehr, als undeutliches Murmeln, welches ebenfalls allmälig verstummte, und nach Verlauf von einigen Minuten herrschte tiefes Schweigen in den unterirdischen Räumen.

Ein Gefühl unaussprechlichen Stolzes schwellte die Brust des Barons.

»Wie ich sie beherrsche!« dachte er. »Ha, ich bin wirklich König!«

Dann rief er mit seiner sonoren, kraftvollen Stimme, deren Klang durch den Wiederhall der unterirdischen Gewölbe wie durch ein Sprachrohr verstärkt ward:

»Cameraden von der Fackel, euer eigenes Interesse, ebenso wie das eures Anführers verlangt, daß jeder Verrath unmöglich oder wenigstens vergeblich gemacht werde, indem man unaufhörlich die Finsterniß durchforscht, in welcher die Verräther vergebens ihre Nichtswürdigkeit zu verbergen hoffen. — In diesem Augenblicke sind zwei von Euch angeklagt. Sind sie schuldig? — Ich fürchte es, aber ich habe noch nicht die unbedingte Gewißheit. — Ich werde diese Menschen hören und richten. Wenn das Verbrechen bewiesen ist, so soll Gerechtigkeit geübt werden — schnelle und rasche Gerechtigkeit, das schwöre ich. — Cameraden von der Fackel, die Stunde ist ernst. Das Leben zweier eurer Brüder hängt nur an einem Faden, der vielleicht reißen wird. Seid still und ruhig. Stört nicht durch euer Gelärm den erhabenen Act, der bald beginnen wird. Laßt eurem Oberhaupte die ganze Freiheit des Geistes, die ganze Ungetrübtheit des Blickes, deren er bedarf, um Wahrheit und Lüge zu unterscheiden, um zu verdammen, oder loszusprechen. Nicht blos in seinem Namen, sondern auch in dem eurigen wird das Urtheil gesprochen werden.«

Diese letzten Worte Luc's wurden mit ungeheurem Beifall aufgenommen, dann trat wieder Schweigen ein, so tiefes Schweigen, daß man einen Tropfen Wasser von dem Gewölbe hätte fallen hören können.

Coquelicot näherte sich Kerjean.

»Mit welchem dieser beiden Schurken wollen Sie anfangen, Herr Baron?« fragte er leise.

»Mit dem klügsten von beiden,« antwortete Luc, »mit dem kleinen Buckligen, den man Dagobert nennt. Mit diesem wird der Kampf vielleicht ein hitziger sein, mit dem Andern dagegen werde ich sehr schnell fertig werden.«

Coquelicot näherte sich den drei Männern, welche Dagobert bewachten, und der Zwerg ward bis vor den Baron geführt, oder vielmehr mit roher Gewalt gestoßen. Goldknopf's Camerad war eben so wie Gringoire dem König Ludwig dem Elften gegenüber fest überzeugt, daß er sich nur durch etwas sehr Pathetisches aus der Affaire ziehen könnte.

Kaum vor Luc angelangt, sank der Zwerg daher auf beide Knie nieder, und indem er seinem spitzigen Gesichte den herzzerreißendsten, verzweifeltsten Ausdruck gab und einen doppelten Thränenstrom über seine fahlen Wangen herabrinnen ließ, stammelte er mit vor Schluchzen halberstickter Stimme:

»In's Himmels Namen, edler Herr und großmächtiger Gebieter, haben Sie Mitleid mit einem armen Unschuldigen, der keine andere Hoffnung hat, als Ihre erhabene Gerechtigkeit, denn wie sollte er sich vertheidigen, da er nicht einmal weiß, wessen man ihn anklagt. Ach, ach — was habe ich denn gethan? Warum behandelt man mich wie einen Uebelthäter? Warum belastet man meinen armen, gebrechlichen, mißgestalteten Körper und meine abgemagerten, kraftlosen Hände mit Fesseln und Banden, als ob ich im Stande wäre, Jemanden Schaden zuzufügen? Ach, sehr großmächtiger Gebieter, drücken Sie nicht durch Ihre Verachtung ein armseliges Geschöpf vollends zu Boden. Haben Sie Mitleid — lassen Sie mir Gerechtigkeit widerfahren, oder ich sterbe zu Ihren Füßen.«

Dagobert wollte, wenn auch nicht sterben, doch wenigstens weiter sprechen, Kerjean aber, den seine Klagen sehr wenig rührten, fand es angemessen, ihn kurz mit den Worten zu unterbrechen:

»Ihr behauptet, nicht zu wissen, wessen Ihr angeklagt seid?«

»Und ich weiß es auch wirklich in der That nicht, mein großmächtiger Gebieter. Dies ist so gewiß, als daß ich ein unschuldiger, verleumdeter armer Teufel bin.«

»Welches Handwerk triebet Ihr, ehe Ihr Euch unter die Cameraden von der Fackel aufnehmen ließet?« fragte Kerjean.

»Das eines Diebes, mein großmächtiger Gebieter — ich schwöre es bei meiner Ehre.«

»Warum habt Ihr dieses Handwerk aufgegeben?«

»Weil es mir nicht so viel einbrachte, als ich brauchte, um meine elende Existenz zu fristen.«

»Was hat Euch bewogen, Falschmünzer zu werden?«

»Der Wunsch, mein Brot auf etwas leichtere Weise als zeither zu verdienen, und die lebhafte Liebe, welche ich immer für das gemünzte Gold gehegt, mag es nun echt oder falsch sein.«

»Wie habt Ihr erfahren, daß die unterirdischen Räume meines Hotels die Werkstätten des Bundes enthielten, in welchen es Euch gelungen ist aufgenommen zu werden?«

Dagobert mußte unwillkürlich lächeln.

»Die Wahrheit, mein großmächtiger Gebieter,« sagte er, »die Wahrheit ist, daß ich die unterirdischen Räume des Teufelshotels schon lange vorher kannte, ehe Sie der Eigenthümer desselben wurden.«

Kerjean spitzte das Ohr, als er dies hörte.

»Durch welchen Zufall,« fragte er, »hattet Ihr das Vorhandensein dieser unterirdischen Räume kennen gelernt?«

»Das ist eine ganze Geschichte. Soll ich sie erzählen?«

»Ohne Zweifel — nur seid bemüht, Euch kurz zu fassen.«

»Die Thatsachen sind folgende.«

Dagobert begann nun mit rührender Freimüthigkeit die Erzählung des größten Theils der Umstände, welche wir bereits kennen.

Der Baron hörte ihn aufmerksam an und errieth ohne Mühe, was der ehemalige Dieb für räthlich hielt, zu verschweigen. Er fand in der Erzählung Dagobert's die einfache und einleuchtende Erklärung der seltsamen und anscheinend unerklärlichen Vorfälle, welche sich in jener Schreckensnacht ereignet hatten. Er fand darin noch mehr, nämlich die Lösung eines bis dahin unaufgeklärten Räthfels — den Ursprung der zwischen Herrn von Rieux und den beiden Banditen bestehenden Beziehungen.

Dagobert schwieg.

»Seid Ihr fertig?« fragte Kerjean.

»Ja, gnädiger Herr.«

»Dann habt Ihr mir also nichts mehr mitzutheilen?«

»Nein, gnädiger Herr.«

»Wißt Ihr das gewiß?«

»Ja — ich sollte meinen —«

»Dann irrt Ihr Euch,« unterbrach der Baron, »denn Ihr habt noch nicht von dem Marquis René von Rieux gesprochen, der von Euch aufgehoben, gepflegt und gerettet ward.«

Als Dagobert diesen Namen in dem Augenblicke nennen hörte, wo er es am wenigsten erwartet hätte, fühlte er, wie er bleich ward.

»Barmherziger Himmel!« sagte er bei sich selbst, »Kerjean weiß Alles oder argwohnt wenigstens Alles — ich bin verloren!«

Dennoch hielt er sich tapfer, gab seinem Gesicht den Ausdruck tiefen Erstaunens und wiederholte:

»Von dem Marquis René von Rieux? Mein großmächtiger Gebieter, ich weiß durchaus nicht, wer dieser Herr ist.«

»Nun, seid Ihr nicht auf seinen Befehl und in seinem Auftrage hier?« fuhr Luc fort, »und haltet Ihr ihn nicht von Allem unterrichtet, was in den unterirdischen Gewölben vorgeht?«

»O bewahre, mein großmächtiger Gebieter. Ich komme hieher, um mein Brot zu verdienen, und kann mit dem hei=

ligsten Eide beschwören, daß ich keine anderen Beweggründe habe.«

Coquelicot, der neben seinem Herrn stand, näherte seine Lippen dem Ohre deßselben und sagte leise:

»Herr Baron, ich bitte Sie, mir zu befehlen, diesen Schurken zu visitiren.«

Kerjean machte eine bejahende Geberde.

Der Bandit näherte sich dem kleinen Buckeligen und fragte ihn in höhnendem Tone:

»Wie viel habt Ihr Taschen, lieber Freund?«

»Zwei,« stammelte Dagobert mit krampfhaftem Schaudern, »aber sie sind leer — vollständig leer.«

»Das wollen wir sehen, ehe noch eine Minute um ist.«

Während Coquelicot dies sagte, untersuchte er die Taschen des unglücklichen Zwerges und zog aus denselben, außer einer gewissen Anzahl unwichtiger Gegenstände, zwei ganz neue Schlüssel von sonderbarer Form und übergab sie dem Baron.

»Was sind das für Schlüssel?« fragte dieser.

»Die zu meiner Wohnung,« antwortete der Bucklige; »die meines eigenen Hauses.«

Coquelicot mischte sich ein.

»Herr Baron,« sagte er, »wollen Sie sich die Mühe nehmen, diese Schlüssel mit denen des geheimen Ganges zu vergleichen, in welchem ich vorhin diesen scheinheiligen Jünger traf?«

»Aha!« rief Kerjean, nachdem er diese Vergleichung bewirkt, deren Ergebniß uns im Voraus bekannt ist, »wie es scheint, Freund Dagobert, hegtet Ihr die feste Absicht und den innigen Wunsch, zu jeder Stunde und ohne Euch anmelden zu lassen, in mein Hotel gelangen zu können.«

»Niemals, gnädiger Herr und großmächtiger Gebieter!« rief der Zwerg außer sich vor Schrecken. »Glauben Sie es nicht. Ihr Hotel ist mir heilig! — Um keinen Preis würde ich mich dazu verstehen, es heimlich zu betreten.«

»Aber dennoch scheinen diese Schlüssel ausdrücklich gefertigt, um meine Thüren zu öffnen.«

»Sie öffnen auch die meinigen — ich schwöre es. Es ist das reiner Zufall. Uebrigens sind ja alle Schlüssel einander ähnlich.«

»Weiter habt Ihr nichts zu antworten?«

»Ach, ich kann weiter nichts antworten als die Wahrheit, und Sie haben dieselbe gehört.«

Coquelicot begann trotz der Gegenwart seines Herrn auf eine Weise zu lachen, die mehr geräuschvoll als ehrerbietig war.

Kerjean schüttelte einigemal den Kopf und der Blick, den er auf Dagobert warf, schien diesem ebensoviel zu bedeuten als ein Todesurtheil.

»Man führe diesen Menschen fünfzig Schritte von hier fort,« sagte Luc endlich zu Coquelicot. »Man bewache ihn scharf und lasse nun seinen Mitschuldigen vortreten, damit ich diesen verhöre.«

Die beiden Befehle des Barons wurden gleichzeitig ausgeführt. Man führte Dagobert rasch fort, während man Goldknopf vorwärtszustoßen versuchte.

Diese letztere Aufgabe war schwierig. Der Riese setzte allen derartigen Versuchen einen beinahe unüberwindlichen

Widerstand entgegen. Er wehrte sich nicht, aber er machte auch keine Bewegung und seine schwere Masse bewahrte die Unbeweglichkeit einer Statue.

Um diese Macht des passiven Widerstandes zu besiegen, ward es nothwendig, den riesigen Körper auf eiserne Stangen zu legen und zu tragen wie einen egyptischen Obelisken. Sechs Mann waren dies kaum im Stande und Goldknopf ward dann zum zweiten Male emporgerichtet und Kerjean gegenübergestellt.

Luc begann das Verhör. Dieses konnte nicht lange sein und zwar aus gutem Grunde. Wir wissen, daß der Riese sich durch Intelligenz gerade nicht sehr auszeichnete. Dennoch besaß er davon eine hinreichende Dosis, um sich von der ungeheuren Gefahr, in der er schwebte, vollkommen Rechenschaft zu geben.

»Wenn ich spreche,« sagte er bei sich selbst, »so werde ich sicherlich etwas Dummes sagen und etwas gestehen, was ich verschweigen sollte. Wenn es ein einziges Mittel gibt, mich mit heiler Haut aus dieser verwünschten Geschichte zu ziehen, so besteht es darin, daß ich schweige. Ein kluges Schweigen kann mich vielleicht retten. Dagobert, der klug ist, wird für uns beide zu sprechen wissen.«

Dieser Schlußfolgerung gemäß, welcher es, wie man sieht, weder an gesundem Menschenverstand noch an Logik fehlte, bewahrte Goldknopf eine hartnäckige Stummheit. Er gab sich die abschreckende Physiognomie eines vollkommen Blödsinnigen und beantwortete Luc's Fragen nur durch dumpfes Grunsen oder Aechzen. Kurz, er spielte die Dummheit so gut, daß Kerjean sich zu Coquelicot wendend, diesen fragte:

»Hört er mich? Versteht er mich? In diesem unge=
heuren Schädel steckt wohl kein Funke Verstand? Man
möchte es fast glauben.«

»Sie lassen sich durch einen pfiffigen Schurken hin=
ter's Licht führen, Herr Baron,« antwortete der Bandit.
»Dieser Kerl hört und versteht ganz gut — dafür stehe
ich. Er weiß, wenn er will, die Zunge eben so gut zu hand=
haben als den Degen — ich weiß das aus Erfahrung, denn
ich habe ihn auf beide Manieren bei der Arbeit gesehen.
Wenn er sich jetzt stumm stellt, so liegt der Grund davon
darin, daß er sich durch seine Antworten zu compromitti=
ren fürchtet — ein augenscheinlicher Beweis, daß er sich
schuldig fühlt.«

»Du kannst Recht haben, Coquelicot.«

»Zweifeln Sie nicht daran, Herr Baron.«

»Wohlan,« hob Luc wieder an, »dann müssen wir
wirksame Mittel in Anwendung bringen — untrügliche
Mittel, welche den Stummen die Zungen lösen, den Ver=
geßlichen das Gedächtniß stärken und die Dummen klug
machen.«

»Ich glaube zu errathen, was es für Mittel sind,
von welchen Sie sprechen, Herr Baron,« murmelte der
Bandit mit grimmigem Lächeln, »und ich bin vollkommen
damit einverstanden. Bei den Hörnern des Teufels, da
werden wir etwas zu lachen bekommen.«

Auch Goldknopf hatte verstanden. Die runzelige, kno=
tige Haut seines Gesichts ward aschenfahl — tiefe Falten
zeigten sich auf seiner von Schweiß benetzten Stirn und
seine Augen blickten scheu und erschrocken umher. Seine
Lippen öffneten sich, wie um zu sprechen, aber es kam kein

Ton hervor und seine vorübergehende Gemüthsbewegung bezähmend, nahm der Riese sich nochmals fest vor, unverbrüchliches Schweigen zu bewahren.

Neuntes Capitel.

Maner und Prägestock.

Der Baron von Kerjean erhob die Stimme.

»Cameraden von der Fackel,« fragte er die zahlreichen Banditen, welche mit neugieriger Spannung einen weiten Kreis um ihn bildeten, »sind vielleicht einige ehemalige Maurer unter Euch?«

Zwei Männer traten aus der Menge und stellten sich vor.

»Nehmt Spitzhacken, meine Freunde,« fuhr Luc fort, »und macht Euch bereit, die Arbeit auszuführen, die ich Euch anvertrauen will. Ich brauche ein Stück Kohle,« setzte er hinzu.

Coquelicot lenkte seine Schritte nach einem erloschenen Schmiedeofen und kehrte mit dem von dem Baron verlangten Gegenstande zurück. Die ehemaligen Maurer hatten sich mit tüchtigen Spitzhacken versehen, welche sie aus der Vorrathskammer geholt, in welcher sich Werkzeuge aller Art befanden.

Kerjean näherte sich der Wand und zeichnete mit der Kohle auf den Mörtel, der diese Wand bedeckte, die Umrisse einer Oeffnung von sechs Fuß Höhe und drei Fuß Breite.

»Cameraden,« sagte er hierauf zu den beiden Mau=
rern, »brecht die Wand auf, so wie ich es Euch hier vorge=
zeichnet habe.«

Die Falschmünzer machten sich sofort mit Eifer und
Geschick an's Werk wie Leute, die ihr früheres Handwerk
nicht vergessen hatten. Die losgearbeiteten Steine rollten
über einander hinweg wie eine Lawine.

»Soll vielleicht hier eine Thür durchgebrochen oder
eine Nische angebracht werden?« fragte einer der Arbeiter
nach einigen Minuten, sich auf den Stiel seines Werkzeu=
ges stützend, als die Arbeit zur Hälfte beendet war.

»Ganz einfach eine Nische, wie Ihr sagt,« entgegnete
Kerjean.

»Soll sie tief sein?«

»Ebenso tief als breit — das wird genügen.«

Ungefähr ein Dutzend Hiebe mit der Spitzhacke gaben
der Oeffnung die von dem Baron angedeuteten Dimensionen.

»Und nun?« fragte der Maurer wieder.

»Nun,« antwortete Luc, »bleibt nichts weiter übrig,
als die Statue in die Nische zu stellen, welche wir zu ihrer
Aufnahme bereitet haben.«

Kerjean wendete sich zu den sechs Mann, deren ver=
einte Kräfte Goldknopf aufrecht hielten. Er zeigte auf den
Riesen, dann auf die gähnende Oeffnung und sagte:

»Dies da ist die lebende Statue, welche dort hineinge=
setzt werden soll. An's Werk, Cameraden, und macht schnell.«

Sämmtliche Zeugen dieses unerhörten Auftritts ver=
standen nun die Idee des Barons und fanden sie bewun=
derungswürdig. Ein unermeßlicher Beifallsruf entrang sich
Aller Munde und dröhnte die Gewölbe entlang. Diese ver=

wilderten Gemüther erbebten vor Freude bei dem Gedanken an das furchtbare, gräßliche Schauspiel, an welchem ihre Augen sich weiden sollten.

Dreißig Arme streckten sich gleichzeitig nach Goldknopf aus. Der Riese ward emporgehoben wie eine Feder und mit Gewalt in die Nische gesetzt oder vielmehr geworfen, welche gerade so hoch und so breit war wie sein Körper.

Die Glieder des Unglücklichen zitterten unter den Banden, welche sie umschnürt hielten, so gewaltig, daß das Blut hervordrang. Seine Zähne klapperten, eine ungeheure Furcht vernichtete ihn und ließ ihm nicht einmal die nothwendige Kraft, um ein einziges Wort auszusprechen.

»So ist's recht,« hob der Baron wieder an. »Jetzt handelt es sich blos darum, alle diese Dinge wieder in den Zustand zurückzuversetzen, in welchem sie sich vor wenigen Minuten befanden. Baut die Mauer wieder auf, Freunde — schließt die Nische über der Statue und merkt Euch, daß auf diese Weise die Verräther gestraft werden, welche sich weigern, sich zu rechtfertigen oder wenigstens ihr Verbrechen zu gestehen.«

Die Arbeiter verloren keine Minute. Sie waren vor Freude außer sich. — Ein noch zuckendes Opfer in einem Leichentuch von Stein und Mörtel zu begraben, einen Menschen lebendig einzumauern — welch ein Fund! — Ein solcher Genuß ward ihnen vielleicht nicht so bald wieder geboten und sie machten sich daher energisch und rasch an die Arbeit.

Nach Verlauf von wenigen Minuten ragte die wiederhergestellte Mauer schon bis an Goldknopf's Brust. Es dauerte nicht lange, so erreichte sie den untern Theil seines

Gesichts und es war ihm, als fühlte er schon den Athem stocken.

In diesem Augenblicke gab ihm die furchtbar drohende Gefahr die Sprache wieder.

»Halt!« rief er in einem Tone, der keine Aehnlichkeit mit dem Klang einer menschlichen Stimme hatte, »halt! tödtet mich, wenn es durchaus sein muß, aber nicht auf diese Weise — es ist zu schrecklich — ich fürchte mich!«

»Coquelicot hatte Recht,« murmelte Kerjean. »Dieser elende Goldknopf ist weniger blödsinnig, als er sich vorhin zu stellen versuchte, und er fängt schon an ganz geläufig zu sprechen. Das ist die Wirkung guter, durchgreifender Mittel.«

»Gnade um's Himmels willen! Gnade in's Teufels Namen!« fuhr der halberstickte Riese fort; »ziehet mich heraus! Nehmt diese Steine weg — sie ersticken mich — sie zermalmen mich —«

»Wirst Du sprechen?« fragte Luc.

»Ja — ja — ich werde sprechen. Ich will Alles sagen, was man wissen will — ich schwöre es.«

»Wohlan, das werden wir sogleich sehen. Ich gebe Dir fünf Minuten Zeit, um deine Gedanken zu sammeln und Dich geschickt zu machen, mir die Wahrheit zu ant= worten. Befrage dein Gedächtniß und halte Dich bereit, denn die erste Lüge wäre dein Todesurtheil.«

Nachdem Kerjean diese Worte gesprochen, entfernte er sich von Goldknopf, den er zu sieben Achteln eingemauert ließ, und lenkte seine Schritte nach der Stelle, wo Dagobert sich befand, den seine Hüter Sorge getragen hatten, hinter einen der massiven Pfeiler zu bringen, so daß er von dem, was hinter ihm vorging, nichts sehen konnte.

»Führt diesen Menschen an den Prägestock dort rechts,« sagte der Baron.

Damit Kerjean's Befehl rascher ausgeführt würde, faßte ein großer, kräftiger Strolch den Zwerg in seine Arme und trug ihn bis an den bezeichneten Prägestock.

Ein Prägestock — es ist dies vielleicht manchem unserer Leser unbekannt — ist eine gewaltige Maschine, eine Art Hammer, der durch ein Räderwerk in Bewegung gesetzt wird und mit einem Stempel oder einer stählernen Matrize versehen ist, der mit ungeheurer Gewalt auf das Metall schlägt, ihm das Gepräge gibt und es in Geldstücke oder Medaillen verwandelt.

»Setzt die Maschine in Bewegung!« befahl Luc.

Mehrere der wilden Gesellen spannten sich an das Rad und man hörte die wiederholten Stöße und Schläge des Prägstockes.

»Was will man mit mir machen?« fragte sich Dagobert, dem das Blut gerann und dessen gebrechlicher Körper von krankhaften Zuckungen geschüttelt ward.

Seine Ungewißheit war von kurzer Dauer.

Kerjean fuhr fort:

»Hebt diesen Schurken wagrecht in die Höhe und legt seinen Kopf auf den Amboß, zwei Zoll von dem Stempel.«

Der Zwerg ward sofort emporgehoben, sein halb kahler Schädel fühlte die eisige Kälte des Stahles, auf welchen man ihn legte. Die dröhnenden, von Secunde zu Secunde fallenden Schläge drohten ihm das Trommelfell zu sprengen, und erfüllten sein Gehirn mit dem Getöse eines Wasserfalles.

»Ich werde nun mein Verhör wieder aufnehmen,« fuhr Kerjean fort, »und bei jeder Frage, welche ohne genügende Antwort bleibt, werdet Ihr die Entfernung vermindern, welche den Kopf von dem Stempel trennt.«

Die Henker, deren Händen Dagobert überliefert war, schwuren grimmig, die ihnen ertheilten Befehle getreulich zu vollziehen, dafern der Unglückliche nicht antwortete. Nicht Jedem ist es vergönnt, mit anzusehen, wie ein menschlicher Schädel knackt wie eine Nuß, die man zwischen zwei Pflastersteinen zerschlägt, oder wie ein hartes Ei, welches man zwischen den Fingern zerdrückt.

»Meister Dagobert,« sagte Kerjean, »hat sich euer Gedächtniß endlich wiedergefunden? Besinnt Ihr Euch auf den Mann, dessen Name Euch vorhin so vollständig unbekannt war? — ich meine den Marquis René von Rieux.«

Der Zwerg bewahrte tiefes Schweigen und hatte dazu die besten Gründe von der Welt. Das ununterbrochene Dröhnen des Prägestockes betäubte ihn. Er hörte wohl Kerjean sprechen, aber er faßte nicht den Sinn seiner Worte, die nur wie ein verworrenes Gemurmel zu ihm drangen.

Die Folterknechte warteten eine Viertelsecunde lang, dann schoben sie den Körper vorwärts, so daß der Kopf und der Hammer einander immer näher kamen.

»Wollt Ihr gestehen, Meister Dagobert,« hob Luc wieder an, »daß Ihr Euch unter die Cameraden von der Fackel blos in der Absicht habt aufnehmen lassen, um die Rolle eines, im Solde des Marquis von Rieux stehenden Spions zu spielen?«

Der Zwerg antwortete jetzt eben so wenig als das erste Mal. Der Kopf rückte wieder weiter auf dem Amboß. Der Stempel streifte schon die Haut des Schädels und riß eine breite schmerzliche Wunde, aus welcher das Blut hervorströmte.

Dagobert stieß einen gellenden, herzzerreißenden Schrei aus. Er wand sich wie eine Schlange und bat mit lautem Geschrei um Gnade.

»Keine Gnade für den, welcher hartnäckig schweigt!« entgegnete Luc heftig. »Für den, der mir trotzt, habe ich kein Mitleid. Dein Leben hängt nur noch an einem Hauche! Antworte oder stirb!«

Der Zwerg hatte sich in den Händen seiner Henker halb umgedreht. Er sah jetzt das Gesicht des Barons. Der Ausdruck dieses Gesichtes ließ ihn errathen, was er nicht hören konnte. »Ich will sprechen,« stammelte er, »ich will antworten — ich will Alles sagen — aber ich beschwöre Sie, lassen Sie dieses höllische Getöse verstummen, welches mich taub und wahnsinnig macht.«

Luc winkte.

Das Rad der Maschine hörte auf sich zu drehen.

Es trat wieder Schweigen ein. Dagobert ward Kerjean gegenübergestellt. Der Unglückliche hielt sich nur mit Mühe auf den Füßen. Seine Blässe war furchtbar und ein blutiger Thau mischte sich mit dem eiskalten Schweiß, der seine Stirn herabrann, und mit den Angstthränen, die ihm über die Wangen liefen.

»So wahr ich der Baron von Kerjean heiße,« rief der Nichtswürdige mit dem Fuße stampfend, »meine Geduld ist' zu Ende. Ich will mich nicht länger von einem erbärmlichen Schufte wie Du am Narrenseil führen laſſen. Antworte daher und antworte ſchnell, ſonſt mache ich Dir mit eigener Hand den Garaus!«

Zum zweiten Male ſank Dagobert ebenſo aus Schwäche, wie vor Angſt auf die Knie nieder.

»Fragen Sie,« ſtammelte er, »ich bin bereit.«

»Kennſt Du den Marquis von Rieux?«

Der Zwerg machte eine bejahende Geberde.

»Biſt Du in ſeinem Auftrage hier?«

»Ja.«

»Weißt Du, wo er ſich verſteckt hält?«

»Ja, ich weiß es.«

Ein triumphirender Blitz zuckte unter den Augenbrauen des Barons hervor.

»Ha, Marquis von Rieux!« ſagte er leiſe bei ſich ſelbſt. »Unſichtbarer und ungreifbarer Feind! Du, mein einziger Schrecken und mein einziges Hinderniß in dieſer Welt, endlich habe ich Dich!«

Dann ſetzte er, indem er ſich bemühte, ruhig zu ſcheinen, hinzu:

»Und wo befindet ſich ſein Verſteck?«

Dagobert bezeichnete das kleine Hotel in der Rue de la Ceriſaie.

»Durch welche Belohnung,« fuhr Luc fort, »iſt es Herrn von Rieux gelungen, ſich deiner und Goldknopf's Dienſte zu verſichern?«

»Er hat uns Begnadigungsbriefe verſprochen. Er hat ſie bei dem Polizeilieutenant ausgewirkt und wollte ſie uns in drei Tagen zuſtellen, ſobald er unſerer weiteren Mitwirkung nicht mehr bedürfte.«

»In drei Tagen, sagst Du? Die Ausführung der Pro=
jecte des Marquis sollte also eine sofortige sein?«

»Ja.«

»Worin bestand sein Plan?«

»Sich mitten in der Nacht durch die unterirdischen
Räume in das Teufelshotel zu schleichen und die Frau
Baronin von Kerjean zu entführen.«

Luc schauderte.

»Der Plan war ein wahnsinniger, das ist unbestreit=
bar,« murmelte er, »aber dennoch konnte er wie alle
wahnsinnigen Dinge durch Kühnheit gelingen! Ich wäre
verloren, vielleicht unrettbar verloren gewesen, wenn mir
nicht der unerhörteste und unverhoffteste Zufall so uner=
warteter Weise zu Hilfe gekommen wäre. O mein Stern,
ich danke Dir!«

Laut setzte er dann hinzu:

»Und in der heutigen Nacht will der Marquis
handeln?«

»Nein.«

»Aber wann sonst?«

»In der nächstfolgenden.«

»Zu welcher Stunde?«

»Um Mitternacht.«

»Solltest Du ihn bis dahin noch einmal wieder=
sehen?«

Dagobert schüttelte den Kopf.

»Goldknopf und ich,« antwortete er, »wir sollten ihn
blos an dem Orte des verabredeten Stelldicheins erwarten.«

»Und welches ist dieser Ort?«

»Die Rue Tombe Jssoire, der Thür der Einhegung gegenüber.«

»Wird der Marquis allein dorthin kommen?«

»Ja, allein mit seinem Kammerdiener, auf welchen er unbedingt zählen kann — wenigstens glaubt er es.«

Es trat kurzes Schweigen ein. Der Baron dachte tief nach, nach dem Ausdrucke seines Gesichtes zu schließen, waren aber seine Betrachtungen nicht von betrübender Art. Endlich hob er den Kopf wieder empor und fragte:

»Es ist also wirklich die Wahrheit, was Du mir gesagt, die ganze Wahrheit, und nichts als die Wahrheit?«

»Sie haben nicht das Recht, daran zu zweifeln, Herr Baron, denn mein Leben ist in Ihren Händen,« entgegnete Dagobert. »Uebrigens kann ich auch kein halber Verräther sein. Um der Begnadigungsbriefe willen hatte ich mich Herrn von Rieux gewidmet. Heute gilt es meine Haut zu retten, ich wende daher den Rock um und verrathe Herrn von Rieux gewissenhaft. Es ist das eine schlechte That, das weiß ich wohl, aber ich kann es nicht ändern. Jeder muß auf dieser Welt sehen, wie er durchkommt.«

»Du bist ein Kerl, wie ich sie gern habe,« murmelte Luc lächelnd. »Ich werde nun Goldknopf befragen. Wenn seine Antworten mir den Beweis deiner vollständigen Aufrichtigkeit liefern, so will ich Dir die Rolle, die Du hier gespielt, vielleicht verzeihen und Dich zu etwas machen.«

Zehntes Capitel.

Die Schlinge.

Goldknopf beantwortete, halb erstickt und besonders durch den furchtbaren Gedanken geschreckt, lebendig in einer Mauer begraben zu werden, Luc's Fragen ohne Zögern, ohne Rückhalt, ohne Ausflüchte. Er verhehlte nichts von dem, was er wußte, und seine Antworten stimmten in jeder Beziehung mit denen Dagobert's überein. Diese Uebereinstimmung war eine so vollkommene, daß selbst die Worte und Ausdrücke kaum von einander abwichen.

Kerjean fühlte sich überzeugt, daß die beiden Banditen nicht versuchen würden, ihn zu belügen, um ihr Leben zu retten. Er gab deshalb Befehl, den Riesen aus seiner gemauerten Hülle herauszuziehen und kehrte dann zu Dagobert zurück.

»Höre,« sagte er zu diesem Letztern, »Du hast dein Schicksal in deinen eigenen Händen. Du verdienst hundertmal den Tod — Du bist klug genug, um dies einzusehen. — Dein Glücksstern erlaubt aber, daß ich Deiner bedarf. Willst Du mir treulich dienen und auf diese Weise nicht blos deine Begnadigung und die deines Cameraden verdienen, sondern Dir auch Anspruch auf meine Gunst erwerben?«

»Ja wohl — das will ich!« rief der Zwerg lebhaft.

»Befehlen Sie, Herr Baron, und ich werde Ihnen so gehorchen, daß ich Sie in jeder Beziehung zufriedenstelle.«

»Herr von Rieux und ich sind unversöhnliche Feinde,«
fuhr Luc fort.

»Das weiß ich längst.«

»Einer von uns Beiden muß den Andern zu Grunde
richten.«

»Und Sie, Herr Baron, wollen nicht dieser Andere
sein. Das ist sehr natürlich.«

»Der Marquis von Rieux will sich morgen in mein
Hotel einschleichen, um darin eine Entführung zu bewirken,
und er glaubt sich des Erfolges sicher.«

»Es beweist dies, daß man in dieser Welt auf nichts
rechnen darf, denn offen gestanden, der Marquis hatte
einige Aussicht auf Erfolg.«

»Ich kann Dir befehlen, mich noch diese Nacht in die
Wohnung des Marquis von Rieux zu führen.«

»Wenn Sie mir diesen Befehl geben, Herr Baron,
so werde ich gehorchen.«

»Ich kann ihn im Schlafe überfallen und mich seiner
auf immer entledigen.«

»Das ist unbestreitbar.«

»Aber,« fuhr Luc fort, »ich will meinen Feind lieber in die Schlinge fallen lassen, die er mir selbst gelegt.
Morgen, um Mitternacht, wird der Marquis die Schwelle
der unterirdischen Räume überschreiten. Aber hat er diese
einmal betreten, so wird er sie nicht wieder verlassen.«

»Sie erlauben mir wohl, Herr Baron, zu fragen,
auf welche Weise Sie dieses Resultat erreichen wollen?«
bemerkte der Zwerg. »Wenn der Marquis mich nicht an

dem verabredeten Orte findet, so wird er dann nicht weiter=
gehen.«

»Allerdings, wenn er Dich nicht dort fände — aber
er wird Dich dort finden. Begreifst Du das?«

»Ich fange an. Ich soll die Stelle der zahmen Ente
spielen, mit deren Hilfe die wilden in's Netz gelockt wer=
den.«

. Ganz recht und eben deßhalb bedarf ich Deiner.«

»Ich danke Ihnen, Herr Baron, für Ihr Vertrauen
und werde mich deßelben würdig zu machen wissen.«

»Ich habe nicht das geringste Vertrauen,« entgegnete
Luc. »Ich weiß, daß Du mich ohne das mindeste Beden=
ken verrathen würdest und ich werde demzufolge meine
Maßregeln treffen. Goldknopf und Du, Ihr werdet stets
umgeben und überwacht sein, und wenn Euch ein Wort nur
oder auch nur eine Geberde entschlüpft, welche das Mißtrauen
des Marquis erwecken könnte, so bekommt Ihr sofort ein
Dutzend Kugeln in den Leib. Wenn Herr von Rieux zögert,
so ist sein Zögern euer Todesurtheil.«

»Ha!« rief Dagobert, »das wäre nicht gerecht!«

»Was soll das heißen, Schurke? Wo hast Du den
Muth her, so mit mir zu sprechen?«

»Ich bitte den Herrn Baron, mir zu verzeihen,«
stammelte der Zwerg und begann wieder zu zittern. »Ich
weiß wohl, daß Sie nur etwas Gerechtes anbefehlen kön=
nen, Herr Baron, aber dennoch wäre es nicht unsere
Schuld, wenn der Herr Marquis, die Gefahren seines
Unternehmens überlegend, noch im letzten Augenblick da=
von zurückträte.«

»Das wäre euer Unglück! Deine Aufgabe wird es

eben sein, ihn in seinem Entschlusse zu bestärken und zur Ausführung desselben treiben. Thust Du dies nicht, so bist Du verloren und Goldknopf auch.«

Hierauf war keine Antwort nöthig. Dagobert senkte daher den Kopf und schwieg.

Kerjean rief Coquelicot, befahl ihm, zwei Mann, die er ihm bezeichnete, mitzunehmen, den Riesen und den Zwerg in das Innere des Hotels zu führen, sie gut mit Speise und Trank zu versehen, aber auch mit dem gespann= ten Pistol in der Faust zu bewachen und bei dem minde= sten Fluchtversuche ohne Erbarmen niederzuschießen. Dann setzte er, zu Dagobert gewendet, während Coquelicot die beiden bezeichneten Cameraden zu holen ging, hinzu:

»Du kennst deine Strafe im Fall des Mißlingens, jetzt will ich Dir auch sagen, worin im Fall des glücklichen Erfolges deine Belohnung bestehen wird. Sobald als Herr von Rieux in unsern Händen ist, bist Du ebenso wie dein Freund Goldknopf frei und Ihr könnt dann in die Woh= nung des Marquis gehen und Euch dort jener Begnadi= gungsbriefe bemächtigen, auf welche Ihr so großes Ge= wicht zu legen scheint. Dann werdet Ihr thun, was Euch beliebt, mögt Ihr nun Cameraden von der Fackel bleiben, oder Euch vollständig von uns trennen wollen, um ehrliche Bürger zu werden. Eure Schuld soll bezahlt sein und ich werde Euch dann ebenso begnadigt haben wie der Polizei= lieutenant. Nun wißt Ihr, woran Ihr Euch zu halten habt. — Geht.«

Dagobert und Goldknopf schritten, von Coquelicot und den beiden andern Dienern Kerjean's escortirt, durch die unterirdischen Gemächer und verschwanden durch die Thür des Ganges, welche in das Teufelshotel führte.

Ein großer Tumult folgte auf diese unerwartete Ent= wickelung. Die Falschmünzer nahmen es sehr übel, daß sie sich auf diese Weise der doppelten Hinrichtung beraubt sa= hen, auf welche sie gerechnet. Allmälig jedoch trat diese getäuschte Erwartung in den Hintergrund; das Murren verstummte, die halberloschenen Feuer wurden wieder an= gezündet und ein Jeder nahm die unterbrochene Arbeit wieder auf.

Die noch übrige Nacht und der ganze folgende Tag vergingen, ohne daß Coquelicot ein einziges Mal der Ueberwachung untreu geworden wäre, womit Kerjean ihn beauftragt.

Von Natur sehr boshaft und rachsüchtig, konnte er den Degenstoß, den Goldknopf ihm versetzt, immer noch nicht vergessen, und hatte sich fest vorgenommen, denselben nicht ungerochen zu lassen.

»Die Angelegenheiten meines Herrn gehen den mei= nigen vor,« sagte er bei sich selbst, »das ist ganz natürlich, aber nur Geduld, ich werde auch an die Reihe kommen. Wenn der Herr Baron es angemessen findet, diese beiden Halunken zu schonen, so ist das seine Sache. Meine Sache aber ist, die Rechnung zwischen mir und diesem Goldknopf auszugleichen — der Baron begnadigt und ich verurtheile. Der Riese hat mich verwundet — der Riese muß sterben. Was den Buckligen betrifft, so war er auch mit dabei und ich bin zu gutmüthig, als daß es mir einfallen könnte, zwei Cameraden zu trennen, welche so gut zusammenpassen.«

Goldknopf's und Dagobert's Lage war, wie man

sieht, noch weit gefährlicher, als die beiden unglücklichen Banditen glaubten. Was konnten ihnen jetzt jene so lebhaft be-
gehrten Begnadigungsbriefe nützen? Die von der menschlichen Gerechtigkeit aufgegebene doppelte Beute entging
Kerjean's Klauen nur, um in die Krallen des Schakals
Coquelicot zu fallen.

Es hilft den Menschen nichts, denen zu verzeihen,
welche Gott einmal verdammt. Sobald der göttliche Rich-
terspruch gefällt ist, muß er auch zur Ausführung gelangen. Möge es nun ein Henker sein oder ein Mörder, der
den Streich führt, so wird er für diesen Fall ein Diener
der göttlichen Gerechtigkeit.

Die Nacht kam — die Stunden des Abends verflos-
sen — bald sollte die Mitternachtsstunde schlagen.

Der Baron trat in das improvisirte Gefängniß, wo
Coquelicot und seine Gehilfen den Riesen und den Zwerg
bewachten.

»Der Augenblick des Handelns ist da,« sagte er zu
Dagobert und Goldknopf. »Man wird Euch die groben
Kleider zustellen, mit welchen der Marquis von Rieux und
sein Kammerdiener sich vermummen wollen. Vergeßt nichts
von dem, was ich Euch befohlen habe. Bedenkt, daß euer
Leben in meinen Händen ist.«

»Wir werden uns hüten, es zu vergessen,« murmelte
der Zwerg. »Wir stehen im Begriffe, eine jener Partien
zu spielen, bei welchen man den Einsatz nicht gern aus den
Augen verliert — Sie können unbesorgt sein, Herr
Baron.«

»Geht voran!« sagte Kerjean.

Goldknopf und Dagobert verließen das Teufelshotel

und die dazugehörigen Gärten durch die uns bekannte
kleine Thür, welche auf die Rue de l'Enfer führte. Hinter
ihnen folgten Luc und Coquelicot, jeder ein gespanntes
Pistol in der Hand haltend.

Es war kein Mondschein. Große Wolken bedeckten
den Himmel und vermehrten die Finsterniß. Kaum ge=
wöhnten die Augen sich nach einigen Minuten in so weit
an dieses Dunkel, daß es möglich ward, den Weg zu fin=
den. Die zur Stunde der Dämmerung angezündeten La=
ternen waren kurz vorher ohne Zweifel durch eine ruchlose
Hand in der Rue de l'Enfer und den anstoßenden Straßen
ausgelöscht worden. Es war mit einem Worte eine jener
unheimlichen Nächte, welche für das Verbrechen geschaffen
zu sein scheinen.

»Wenn man bedenkt,« sagte Dagobert bei sich selbst,
»daß es in diesem Augenblicke in der ganzen Welt glück=
liche Sterbliche gibt, welchen es freisteht zu gehen, wohin
sie wollen, zu Hause zu bleiben, wenn es ihnen lieber ist,
und sich in ein gutes, warmes Bett zu legen, wenn sie Lust
haben zu schlafen — wenn man dies bedenkt, so läuft
einem das Wasser im Munde zusammen. — Ach, wenn
ich das Leben nochmals beginnen könnte, ich glaube, ich
bliebe ein ehrlicher Mensch, wie sauer es mir auch ankom=
men möchte.«

Goldknopf dachte an nichts.

Die vier Personen erreichten die Ecke der Rue Tombe=
Issoire. Kaum hatten sie diese Ecke passirt, so hörten der
Riese und der Zwerg auf, das Geräusch und die Tritte des
Barons und des Banditen hinter sich zu vernehmen und sie

hätten glauben können, sie gingen ihren Weg in vollständiger Einsamkeit.

Dieser Täuschung aber gaben sie sich auch keinen Augenblick hin. Sie hatten die Gewißheit, daß aufmerksame Ohren ihre leisesten Worte belauschten und daß begierige Augen, so scharf und hellsehend wie die der Katze, die Finsterniß sondirten, um jede ihrer Geberden zu erspähen.

Uebrigens erhielten sie für diese offenkundige Wahrheit sehr bald einen triftigen Beweis. Dagobert ging seit einer Viertelsecunde ein wenig langsamer, um die Entfernung zu berechnen, welche er noch bis zur Thür der Einhegung zurückzulegen hätte, als plötzlich eine schwarze Gestalt neben ihm auftauchte, eine rauhe Hand seinen Arm berührte und eine heisere Stimme zu ihm sagte:

»Eine milde Gabe, um der Liebe Gottes willen —«

Der Zwerg ging weiter, ohne zu antworten. Ganz gewiß war der angebliche Bettler ein Spion Kerjean's.

Plötzlich vernahm man fernes Pferdegetrappel und Wagengerassel. Gleichzeitig erleuchtete ein flackernder Schein die Finsterniß. Eine von Lakaien, welche Fackeln trugen, escortirte Carrosse fuhr an der Mündung der Rue Tombe-Issoire vorüber. Dieser unerwartete Schein verschwand beinahe sofort wieder. Dagobert und Goldknopf hatten aber von Entfernung zu Entfernung unbewegliche zusammengeduckte oder stehende Gestalten gesehen. Sie hatten auf dem Mauerrande aufmerksame Gesichter mit funkelnden Augen bemerkt.

Kaum acht oder zehn Schritte trennten die beiden Unglücklichen von der kleinen Thür der Einhegung. Dieser kurze Raum ward zurückgelegt. Dagobert berührte die Thür und versicherte sich, daß sie angelehnt war.

»Wir sind an dem Orte des Stelldicheins,« sagte der Zwerg mit einer Stimme, welche laut genug war, um von Allen verstanden zu werden, welche sie hörten. »Bleiben wir hier stehen und warten wir.«

»Ja, warten wir,« wiederholte Goldknopf wie ein Echo. Sie lehnten sich beide an die Pfosten der Thür wie zwei Karyatiden von ungleicher Höhe und man hörte in dem tiefen Schweigen der Nacht nichts mehr als das beschleunigte Schlagen ihrer Herzen, die immer heftiger an die Rippen pochten.

Beide hatten Furcht, aber nicht wegen des Verbrechens, welches sie im Begriffe standen zu begehen, nicht wegen des nichtswürdigen Verraths, den sie ausführen wollten — sondern sie zitterten bloß für ihr eigenes Leben. Sie fürchteten, daß ein unbekannter Zufall, welcher René von Rieux abhielte zu kommen, das Verbrechen unmöglich machen, den Verrath scheitern lassen und sie selbst der Wuth und Rache des Barons preisgeben würde.

Ueber diesem qualvollen, ängstlichen Warten vergingen einige Minuten. Endlich schlug eine ferne Uhr die Mitternachtsstunde. Andere, nähere Uhren wiederholten ebenfalls die zwölf Schläge der unheimlichen Stunde.

Gerade in diesem Augenblick ließ an dem äußersten Ende der Straße ein rascher und fester Tritt sich vernehmen.

»Da kommt er, den wir erwarten,« murmelte Dagobert. »Er ist verloren und wir sind gerettet!«

»Amen!« setzte Goldknopf fromm hinzu.

Eilftes Capitel.

Die Salpetrière.

Wir kehren jetzt um einige Tage zurück und bitten unsere Leser, mit uns die Schwelle der Salpetrière zu über= schreiten, jenes umfangreichen Hospitals, dessen unheim= licher Ruf Schrecken einflößte und über welches unter der Bevölkerung von Paris eine Menge furchtbare Geschichten und schauerliche Sagen umliefen.

Dies war die Bestimmung der Salpetrière zu Ende des vorigen Jahrhunderts — dies ist sie heute noch, und dennoch hat sich in diesem Asyl oder vielmehr in diesem Kerker des Wahnsinns seit der Zeit, wo die von uns er= zählten Ereignisse stattfanden, Alles verändert.

In unserer Zeit ist das riesige Gebäude auf dem Boulevard de l'Hospital, unter der intelligenten Leitung eines in mehr als einer Beziehung ausgezeichneten Mannes stehend, eine wahrhafte Irrenheilanstalt ersten Ranges, wo die armen, der Vernunft beraubten Wesen unentgeltlich dieselbe sorgfältige und wachsame Pflege finden, welche die reichen Geisteskranken in Privatheilanstalten mit schwe= rem Golde bezahlen müssen.

Eine große Anzahl Aerzte, die Fürsten der modernen Wissenschaft, widmen sich mit grenzenloser Hingebung die= sen Unglücklichen, welchen nichts verweigert wird, was das Schreckliche ihrer Lage mildern kann.

Die ununterbrochene Theilnahme, welche man ihnen
beweist, und die milde und rücksichtsvolle Behandlung,
welche man ihnen angedeihen läßt, verläugnet sich in keinem Falle, selbst da nicht, wo man es mit gefährlicher
Tobsucht zu thun hat.

Aus dem Vorstehenden geht hervor, daß sehr viele
der hier untergebrachten Geisteskranken glücklich geheilt
werden, und wir selbst haben ganz kürzlich mit unseren
eigenen Augen ehemalige Pfleglinge dieses Hospitales gesehen, welche, schon seit mehreren Jahren wieder im Besitze ihrer Geisteskräfte, auf einige Stunden unter ihre ehemaligen Genossen zurückkehren und ihnen jene Spielsächel-
chen oder Näschereien bringen, auf welche die Geisteskranken in so wahrhaft kindischer Weise versessen sind. Wir
haben sie, während sie Gott dafür dankten, daß er sich der
menschlichen Wissenschaft bedient, um ein Wunder zu wirken, murmeln hören: »Und dennoch waren wir hier
glücklich!«

Vor mehr als einem Jahrhundert aber war es leider
nicht so.

Die Salpetrière verdiente damals den furchtbaren
Ruf, in dem sie stand, mit vollem Rechte. Aerzte und Aufseher machten sich zu den Henkern der Unglücklichen, deren
Freunde und Tröster sie hätten sein sollen und behandelten die armen Kranken wie Verbrecher, obschon man ihnen
kein anderes Verbrechen als Wahnsinn zum Vorwurf machen konnte — ein unfreiwilliges Verbrechen, wenn man
es überhaupt so nennen kann.

Zu jener Zeit konnte die Salpetrière mit vollem Rechte
als eine Hölle, aber nicht als ein Zufluchtsort angesehen

werden. Gewalt, Brutalität, ja sogar Grausamkeit herrsch=
ten hier unumschränkt. Eiskalte Bäder, Geißelungen, Ent=
ziehung aller Nahrung waren die gegen die Anwandlungen
von Tobsucht stets in Anwendung gebrachten Mittel —
barbarische, verkehrte Mittel, welche, weit entfernt, dem
Uebel Einhalt zu thun, es im Gegentheil verschlimmerten
und unheilbar machten.

Es gab fast kein Beispiel, daß ein Geisteskranker ge=
heilt das Hospital wieder verlassen hätte. Keine Beschrei=
bung wäre im Stande, eine richtige Vorstellung von jenen
gräßlichen unterirdischen Gemächern zu geben, die weder
Luft noch Sonne hatten, eine Art Gräber, welche enger,
finsterer und feuchter waren als die, in welchen man
die zum Tode Verurtheilten einsperrt.

Heutzutage sieht man anstatt dieser Kerker nur freund=
liche Zellen mit schönem, gebohntem Fußboden, während
die Gitter vor den Fenstern durch ein Netz von Schling=
pflanzen maskirt werden. Gott und die Menschlichkeit seien
dafür gepriesen!

Das hauptsächlichste und unvermeidlichste Ergebniß
der alten, verkehrten Behandlungsweise, von welcher wir
so eben gesprochen, war, daß dadurch zwischen den Gefan=
genen der Salpetrière und den Angestellten beiderlei Ge=
schlechtes, welche stets in ihrer Nähe lebten, ein wilder,
unversöhnlicher Haß erzeugt ward.

Die Angestellten behandelten die Wahnsinnigen als
Feinde. Sie verhehlten weder den Abscheu noch die Furcht,
welche Letztere ihnen einflößten.

Die Wahnsinnigen ihrerseits zitterten vor diesen Ver=
folgern, welche mit ihnen niemals anders sprachen als in

beleidigenden Ausdrücken und mit der Peitsche in der Hand. Furcht und Schmerz machten sie demüthig und kriechend, aber mit jenem thierischen Instinct, welcher selbst den Verlust der Vernunft überdauert, dachten sie fortwährend an furchtbare Rache, und wenn sich dazu eine Gelegenheit bot, so ergriffen sie dieselbe mit seltsamer Geistesgegenwart und verfolgten die Durchführung derselben mit unbeschreiblichem Ingrimm. Es war durchaus nicht selten, auf den Rasenplätzen der Salpetrière das Blut einer Aufseherin oder eines Schließers fließen zu sehen.

Wir dürfen hierbei nicht unbemerkt lassen, daß diejenigen Wahnsinnigen, welche zwischen den einzelnen Anfällen lichte Augenblicke hatten, in diesen Augenblicken ihre ganze Denkkraft dem Wunsche und der Hoffnung einer Flucht zuwendeten und, um dieses Ziel zu erreichen, Pläne ersannen, die fast allemal unausführbar, aber dennoch ungemein sinnreich und gut überlegt waren.

Zu der Stunde, bei welcher wir jetzt angelangt sind, das heißt am Tage vor der Ankunft Jane's von Simeuse in der Salpetrière, gab sich in dem Innern des umfangreichen Gebäudes große Unruhe und ungewohnte Aufregung kund.

Drei Tage vorher hatte ein furchtbarer Auftritt, ein gräßliches Drama innerhalb der Mauern dieses Hospitals stattgefunden, so daß ganz Paris davon sprach. Wenige Zeilen werden genügen, um hier eine kurze Darstellung des Sachverhaltes zu geben.

Vor allen Dingen müssen wir bemerken, daß damals, eben so wie heute noch, die Aufsicht über die — ausschließlich weiblichen — Wahnsinnigen auf den Spazierplätzen,

in den gemeinschaftlichen Zimmern, in den Schlafsälen und
in den Zellen auch nur weiblichen Angestellten anvertraut
war. Diese Frauen, alle von hohem Wuchse und außer-
gewöhnlicher Körperstärke, besaßen von ihrem Geschlechte
nichts weiter als die Kleidung und thaten es an Energie,
physischer Kraft, Gefühllosigkeit und Rohheit dem entschlossensten und unerbittlichsten Manne gleich.

Eine dieser Wächterinnen hieß Marion Grandier.
Sie war vier- oder fünfundvierzig Jahre alt, groß und
breitschulterig wie ein Grenadier; sie hatte ein hartes, ge-
bräuntes Gesicht, weißgraue Augen, in welchen die Grausamkeit geschrieben stand, und einen förmlichen schwarzen
Schnurrbart. Marion Grandier flößte tiefen Schrecken ein
— nicht blos den Geisteskranken ihrer Abtheilung, sondern auch denen im übrigen Hospital. Sie war es, die man
in alle Abtheilungen holte, wenn es galt, irgend eine von
em Paroxismus ihres Wahnsinnes ergriffene, schäumende
und gefährliche Kranke in die Zwangsjacke zu stecken, in
die enge Zelle zu schleppen, oder in die mit eisigem Wasser
gefüllte Wanne zu tauchen. Der starre, kalte Blick, das
Schlangenauge dieser Frau, übte auf die Wahnsinnigen
einen unwiderstehlichen Magnetismus. Mit tiefer, langsamer, aber dennoch scharfer, schneidender Stimme sprach
sie die furchtbaren Drohungen aus, welchen die sofortige
Ausführung folgte. Ihre muskelstarke, gewaltige Hand
führte entsetzliche Streiche, und sie wußte die Stelle, welche
sie treffen wollte, so gut zu wählen, daß der brennende
Schmerz fast allemal eine Ohnmacht zur Folge hatte.

Marion Grandier war, wie man sieht, eine wichtige
Person für die Salpetrière und der Director ließ auch

ihren außergewöhnlichen Diensten volle Gerechtigkeit widerfahren. Freilich standen die auf diese Weise von ihr Zuge-
richteten zuweilen nur auf, um krank niederzusinken und zu
sterben; aber es fiel ja Niemanden ein, sich wegen des
Lebens einer Wahnsinnigen zu beunruhigen. Es gab deren
ja immer noch genug — nur zu viele. Wenn eine Wahnsinnige starb, so hatte man dann einen Mund weniger zu
füttern.

Zwei Wahnsinnige in der Marion Grandier anvertrauten Abtheilung sahen sich ganz besonders der Härte
der furchtbaren Aufseherin ausgesetzt, welche einen förmlichen Groll und Widerwillen gegen sie gefaßt hatte. Die
eine war ein ehemaliges Fischweib, die andere eine ehemalige Marketenderin. Beide waren rüstig und muthig
und hatten sich anfangs einen hartnäckigen Widerstand erlaubt. Dies war der Grund des Hasses der Aufseherin und
der grausamen Behandlung, welche sie diesen ihren unglücklichen Pfleglingen zu Theil werden ließ.

Die beiden Wahnsinnigen waren gezähmt, wenigstens
dem Scheine nach — sie zitterten wie die andern unter dem
Blicke, der Stimme und den Hieben der Aufseherin, in
dem Halbdunkel ihres getrübten Geistes aber bewahrten
sie hartnäckig und unerschütterlich den doppelten und eifri-
gen Wunsch oder vielmehr die fixe Idee der Rache und der
Flucht.

Eines Morgens — und hier beginnt das Drama,
von welchem wir gesprochen — ging Marion langsam
zwischen den hohen Mauern des Hofes ihrer Abtheilung
hin und her, während sie dabei Hiebe mit ihrer Riemen-
knute austheilte. Ein ungeheurer Schlüsselbund hing an

ihrem Strickgürtel. Die beiden Wahnsinnigen hatten eben eine lichte Stunde. Sie wechselten einen Blick und winkten einander zu. Das ehemalige Fischweib verließ den Winkel der Mauer, in welchem sie zusammengeduckt saß, zog ihre schweren Holzschuhe aus, indem sie in jede Hand einen nahm, und schlich barfuß über das holprige Pflaster hinter Marion, welche sie nicht kommen hörte. Als sie nur noch zwei Schritte von der Aufseherin entfernt war, hob sie den Arm und führte aus Leibeskräften mit ihrem Holzschuh einen Schlag gegen Marions Hirnschädel. Marion stieß einen dumpfen Schrei aus und taumelte. Die Wahnsinnige führte einen zweiten Schlag — Marion brach fluchend zusammen. — Die Wahnsinnige versetzte ihr einen dritten Schlag. Diesmal traf sie die Schläfe und Marion zuckte nicht mehr. Sie war todt.

Nun setzte die Mörderin sich auf die Leiche der Erschlagenen und begann ihr mit den Nägeln das Gesicht zu zerfleischen, indem sie zugleich eine Art Triumphgesang anstimmte. Das Blut sprang hervor und floß wie ein Bach. Die ehemalige Marketenderin nahm nun ebenfalls an der Zerfleischung Theil, sämmtliche andere Wahnsinnige folgten sofort ihrem Beispiel und nach Verlauf von einigen Minuten war der Körper der Aufseherin nur noch ein formloser Brei.

Mittlerweile hatte die erste Wahnsinnige sich des Schlüsselbundes bemächtigt. Mit diesen Schlüsseln öffnete sie die Thür des Hofes und dann das Gitterthor, welches die Abtheilung, zu welcher sie gehörte, von dem Haupteingange trennte. Die Genossin ihres Wahnsinns und ihres Unglücks wich nicht von ihr und beide eilten vom Kopf bis

zu den Füßen mit Blut bedeckt, den Corridor entlang,
um das große Thor zu erreichen, welches auf den Boulevard
hinausführte. Unterwegs begegneten sie einem Inspector,
der sie aufhalten wollte, aber von einem Schlag mit dem
Holzschuh tödtlich an die Schläfe getroffen niederstürzte.
Der Thorwächter versuchte, als er sie wüthend mit wirrem
Haar und mit Blut bedeckt auf sich zukommen sah, das
Thor zu schließen, aber die Zeit war zu kurz, die beiden
Furien flogen an ihm vorüber wie ein Sturmwind und
sprangen hinaus. Einige Augenblicke später verbreiteten sie
in den Gassen des Quartier Saint-Marcel dasselbe Ent=
setzen wie ein toller Hund oder ein aus einer Menagerie
ausgebrochener Tiger.

Während dies draußen vorging, erfüllten sämmtliche
Wahnsinnige der Abtheilung, wo das erste Verbrechen
vollbracht worden, die Höfe, die Gärten und Spazierplätze
des Hospitals. Berauscht durch den Anblick und den Geruch
des vergossenen Blutes waren selbst die ruhigsten und
sanftesten wüthend geworden. Drei neue Opfer erlagen —
erwürgt und in Stücke gerissen.

Erst am Abend gelang es der Scharwache, sich der
beiden Entflohenen zu bemächtigen und auch dies ging nicht
ohne ein neues Unglück ab. Einer der Soldaten stürzte, von
einem einzigen Hiebe der ehemaligen Marketenderin ge=
troffen, auf der Stelle todt nieder.

Dieser ganze Vorfall machte ungeheures Aufsehen.
Am nächstfolgenden Tage ließ Herr von Sartine den
Director der Salpetrière vor sich fordern, machte ihm
scharfe Vorwürfe, daß er eine so furchtbare Katastrophe,
welche sechs Menschen das Leben gekostet, nicht zu ver=

hindern gewußt, und drohte ihm mit Absetzung und dem Zorne des Königs, wenn jemals sich wieder etwas Aehnliches ereignete.

Auf diese Weise zurechtgewiesen, beschloß der Director der Salpetrière, sich nicht der ihm drohenden Ungnade auszusetzen. Das Erste, was er nach seiner Meinung zu thun hatte, war, die weiblichen Aufseher durch männliche zu ersetzen. Demzufolge, und gleich nachdem er den Polizeilieutenant verließ, begab er sich nach Bicêtre und bat seinen Collegen, den Director dieser zweiten großen Irrenanstalt, ihm etwa zehn seiner furchtbarsten Unterbeamten zu überlassen. Dieses Gesuch ward günstig aufgenommen und schon am folgenden Tage traten förmliche Herkulesse, die daran gewöhnt waren, mit den gefährlichsten Wahnsinnigen zu kämpfen und sie zum Gehorsam zu zwingen, an die Stelle der weiblichen Aufseherinnen der Salpetrière und erhielten Befehl, ihre Strenge und Vorsicht zu verdoppeln, oder mit andern Worten die Härte und Brutalität bis auf's Aeußerste zu treiben.

Dies war aber noch nicht Alles.

Der um seine Stelle besorgte Director erließ eine neue Hausordnung in mehreren Artikeln. Ein Theil derselben betraf die Aufseher, ein anderer blos die Wahnsinnigen, und ein dritter endlich galt dem Publicum.

Einer dieser letzten Artikel untersagte für unbestimmte Zeit jeden Besuch in der Salpetrière, ausgenommen unter außerordentlichen Umständen, in welchen der Director sich allein die Entscheidung vorbehielt.

Ein anderer Artikel belegte den Aufseher, welcher durch seine Nachlässigkeit in der seiner Ueberwachung anvertrauten

Abtheilung eine Flucht zu Stande kommen ließe, mit einer mehrmonatlichen Gefängnißstrafe im Grand Châtelet.

Ein anderweiter Artikel — und dies war vielleicht der grausamste von allen — befahl den Aufsehern, die Wahnsinnige, welche — möchte sie sein wer sie wollte — einen Fluchtversuch gemacht, selbst wenn dieser gescheitert wäre, in die finsterste und ungesundeste der unterirdischen Zellen zu sperren, und zwar nicht auf einige Wochen oder Monate, sondern für immer.

Nachdem der kluge Director diese Vorsichtsmaßregeln getroffen, sagte er sich, daß er allem Anscheine nach wenigstens auf einige Zeit ruhig schlafen könne, ohne daß das furchtbare Schwert der drohenden Absetzung unaufhörlich über seinem Haupte schwebte.

Der weitere Verlauf unserer Erzählung wird uns sagen, ob seine Hoffnungen gegründet waren.

Dies war seit vierundzwanzig Stunden der Stand der Dinge in dem Augenblicke, wo die Braut René's von Rieux in die Salpetrière eingeliefert und unter einer Nummer als eine arme unbekannte Wahnsinnige ohne Namen in das Register des Hospitals eingetragen ward.

Zwölftes Capitel.

Tabarean.

Ein plumper langsamer und von alten keuchenden Gäulen gezogener Karren rollte und polterte über das Pflaster des Boulevard de l'Hospital. Vier Soldaten der Scharwache und ein Unterofficier escortirten dieses Fuhrwerk, welches große Aehnlichkeit mit jenem unheimlichen Karren hatte, in welchem früher die Leichen der Hingerichteten nach Clamart transportirt wurden.

Dieser Karren hielt vor dem kolossalen Thore der Salpetrière. Der Pförtner trat sogleich zu der kleinen Seitenthür heraus, um zu sehen, wer käme, begrüßte den Unterofficier mit einer Miene ehrerbietiger Vertraulichkeit und fragte ihn:

»Was bringt Ihr uns denn heute Morgen, lieber Brigadier?«

»Nicht viel Gutes,« antwortete der Soldat lachend. »Einiges Wild, welches vergangene Nacht in Paris eingefangen worden.«

»Wohl wieder Wahnsinnige?« rief der Pförtner.

»Versteht sich.«

»Wie viel?«

»Drei.«

»Sind sie bösartig?«

»So sehen sie nicht aus, ganz besonders nicht die Eine, die auf Ehre ein famoses hübsches Mädchen ist.«

»O, darauf darf man sich nicht verlassen — wir kennen das! Nichts ist trügerischer, als das Aussehen der Wahnsinnigen — die, welche die sanftesten zu sein scheinen, sind oft gerade die gefährlichsten. Ihr wißt wohl, was gestern hier geschehen ist?«

»Ja wohl. Es waren ja zwei arme Teufel von meiner eigenen Compagnie, welche durch diese wilden Bestien erwürgt wurden. Doch laßt uns hier nicht lange plaudern, Vater Vincent. Oeffnet uns schnell das Thor. Ich muß mich der drei Wesen entledigen, welche in diesem Kasten stecken.«

Einer der riesigen Flügel des Gitterthores drehte sich in seinen Angeln. Der Karren fuhr in den ersten Hof der Salpetrière hinein und nahm die Richtung nach einem im Hintergrunde des Hofes stehenden Gebäude, in dessen Erdgeschoß sich die Bureaux, die Archive und die Personalregister befanden.

Hier machte er wieder Halt. Zwei Officianten des Hospitales entfernten die Breter, welche die Hinterseite des Karrens verschlossen, und man sah nun drei Frauen mit an den Körper angeschnürten Armen und Händen neben einander auf dem Stroh liegen. Diese Frauen wurden eine nach der andern aus dem Karren herausgezogen.

Eine davon war Jane von Simeuse. Das Schlacht= opfer Kerjean's und der Goule bewahrte dumpfes Schwei= gen und glich einer Marmorbildsäule. Die beiden andern stießen, sobald sie auf den Füßen standen, ein dumpfes Aechzen aus und ließen unarticulirte Klagen hören.

Dieses Aechzen und Klagen schien den Officianten unbequem und sie nahmen zum Knebel Zuflucht, um Ordnung zu schaffen. Jane, welche kein Wort sprach, ward gleichwohl ebenso geknebelt wie ihre Genossinnen.

Man führte nun in brutaler Weise die drei Unglück= lichen in den Saal des Hausschreibers. Der Unterofficier übergab diesem den Polizeirapport, dessen Ueberbringer er war. Zwei Namen und eine Nummer wurden in das Per= sonalregister eingetragen. Die Nummer bezeichnete Jane, deren Identität durch nichts festgestellt werden konnte.

Nachdem diese erste Formalität durchgemacht war, wurden die Neueingelieferten von dem diensthabenden Arzt untersucht. Dieser ließ ihnen den Knebel abnehmen und richtete der Form wegen einige unbedeutende Fragen an sie, auf welche er keine Antwort bekam. Nachdem dies besorgt war, ward jede der Wahnsinnigen in eine andere Abtheilung geführt. Der Hof, welcher sich für Jane öffnete, war derselbe, in welchem am Abend vorher Marion ermordet worden. Die Unterofficianten des Hospitals hatten sich in der Zwischenzeit kaum die Mühe genommen, die Spuren des Verbrechens zu verwischen und man sah noch hier und da auf dem Pflaster große dunkelrothe Flecken.

Der neue von Bicêtre hierher versetzte Aufseher schien ausdrücklich zu dem doppelten Amte eines Kerkermeisters und Henkers geboren. Seine äußere Erscheinung war gleichzeitig abstoßend und furchtbar. Mehr klein als groß, aber ungeheuer stark, mußte er riesige Körperkraft besitzen. Seine niedrige, zurücktretende Stirn, seine grimmigen, mit Blut unterlaufenen Augen, seine von tiefen Falten durchfurchten Hängebacken gaben seinem Gesichte eine unbestimmte Aehnlichkeit mit der Schnauze des Tigers.

Dieser Aufseher hieß Tabareau. An der linken Hand fehlten ihm zwei Finger. Sie waren ihm vor zehn Jahren von den scharfen Zähnen eines Tobsüchtigen in Bicêtre abgebissen worden, mit welchem er kämpfte, um ihn zum Gehorsam zu bringen.

Tabareau führte eine lange Peitsche in der Hand. Ueberdies trug er an dem Ledergürtel, der seine Lenden umschloß, einen jener langen, biegsamen stählernen Stäbe, deren sich die Bändiger wilder Thiere als einer unwiderstehlichen Waffe bedienen.

Gleich am ersten Tage des Antritts seines neuen Amtes hatte der furchtbare Aufseher sich geschworen, den Wahn-

finnigen seiner Abtheilung einen heilsamen Schrecken ein=
zujagen. Er hatte ein sofortiges und vollständiges Resultat
erlangt. Schon wenn sie ihn vorbeigehen sahen oder leise
furchtbare Lästerungen murmeln hörten, fühlten die Wahn=
sinnigen sich von krampfhaftem Zittern ergriffen. Sie drück=
ten sich dann dicht an die Wände, versteckten sich so gut als
sie konnten hinter den Bäumen des Hofes, wagten nicht
sich zu bewegen und gestatteten sich kaum zu athmen.

Tabareau betrachtete die durch die Furcht hervorge=
brachte vollständige Vernichtung mit unermeßlichem Stolze
und sagte bei sich selbst:

»Ganz gewiß hat Marion diese unsaubere Heerde
nicht richtig zu führen verstanden. Sie war gegen diese
wüthenden Bestien viel zu gutmüthig und zu schwach. Ich
werde mich nicht auf so alberne Weise todtschlagen lassen
wie sie — mordieu!«

In diesem Augenblick ward die Thür des Hofes mit
Hilfe eines Hauptschlüssels geöffnet. Ein Officiant des
Hospitals erschien auf der Schwelle, welche er wohlweis=
lich Sorge trug, nicht zu überschreiten.

»Aufseher der ersten Abtheilung,« sagte er, »hier ist
eine neue Wahnsinnige. Sie scheint ruhig zu sein, aber ich
rathe Euch, deswegen doch eure Vorsichtsmaßregeln zu tref=
fen. Selbst die Unruhigsten haben gute Augenblicke, wo man
sich in ihnen täuscht. Sie ist unter Nummer 913 eingetragen.«

»Gut,« antwortete der Aufseher. »Schicken Sie sie nur
her — eine mehr oder eine weniger, das ist mir ganz einerlei.«

Der Officiant schob Jane von Simeuse, welcher er
die Hände losgebunden, vorwärts und zog sich zurück, in=
dem er die Thür wieder hinter sich schloß.

Ein Gefühl, welches in dem Gemüth der Wahnsinni=
gen den Verlust der Vernunft fast stets überlebt, ist die
Neugier. — Seltsamer Weise bewahren selbst die Unglück=
lichsten, bei welchen der Blödsinn am vollständigsten ist
und die keine lichten Augenblicke haben, dieses Gefühl
selbst dann noch, wenn die andern nicht mehr vorhanden
sind. Es beherrscht sie unumschränkt und gebietet selbst der
Furcht Schweigen.

Kaum war Jane in den Hof eingetreten, so kamen
ihre Leidensgefährtinnen, die Furcht, welche Tabareau
ihnen einflößte, vergessend, aus den Winkeln, in welchen
sie sich versteckt, und hinter den Bäumen, durch welche sie
verborgen wurden, hervor, auf sie zu und bildeten einen
dichten Kreis um sie, aus welchem man seltsame, unarti=
culirte Laute und unsinnige Bemerkungen hörte.

Die der Neuangekommenen am nächsten Stehenden
faßten sie bei den Armen und bei den Kleidern und thaten,
als wollten sie ihr erstere ausrenken und letztere zerreißen,
so hartnäckig machten sie das junge Mädchen einander streitig.

Jane, die erstarrt, gelähmt und vernichtet war, be=
saß nicht einmal die Kraft, dieser thierischen und Schmerz
verursachenden Neugier einen vergeblichen Widerstand ent=
gegenzusetzen.

„Zurück!" rief Tabareau mit Donnerstimme, „zurück,
alle!"

Unter dem betäubenden Lärm, den die Wahnsinnigen
machten, ward dieser Befehl nicht gehört.

Bei dieser Gelegenheit wie bei jeder andern der Ver=
haltungsregel, die er sich vorgezeichnet, treu, schwang der
Aufseher, anstatt seine Aufforderung nochmals zu wieder=

holen, die Peitsche, die er in der Hand hielt — eine un= geheure Peitsche aus einem dreifachen geflochtenen Leder= riemen bestehend, welcher mit einer festen Hanfschmitze endete, und ließ einen Hagel von Hieben auf die Schul= tern und Gesichter der armen Wahnsinnigen fallen, welche unter lautem Schmerzgeheul sich in die entlegensten Theile des Hofes flüchteten.

Einige jedoch, welche hartnäckiger waren als die andern, schienen die Peitschenhiebe nicht zu fühlen und blieben neben Jane stehen.

Nun ergriff Tabareau, wüthend über diesen unerwar= teten Widerstand, die an seinem Gürtel hängende biegsame Stahlruthe und hieb damit auf die Widerspenstigen ein. Eine davon, die mitten auf die Brust getroffen ward, sank bewußtlos auf das Pflaster nieder. Eine andere wälzte sich von einer plötzlichen epileptischen Anwandlung ergriffen schäumend und ihre Glieder verrenkend zu Jane's Füßen, während sie zugleich ein entsetzliches Geschrei und verzwei= feltes Röcheln ausstieß.

»Ah, steht die Sache so!« murmelte der Aufseher mit den Zähnen knirschend, »wohlan, große Uebel verlangen große Mittel!«

Er zog aus seiner Tasche einen Knebel, den er der unglücklichen Epileptischen fest auf den Mund band. Dann fesselte er ihr Arme und Beine mit starken Riemen, hob diesen Ballen Menschenfleisch, dessen Muskeln vor Schmerz zuckten, in die Höhe, warf ihn in eine der Ecken des Ho= fes und kehrte zu Jane zurück.

Wir wissen, von welcher Art der Wahnsinn des jungen Mädchens bis diesen Augenblick gewesen — wir wissen, daß selbst ihre grausamsten Anwandlungen nichts Erschreckendes, nichts Abstoßendes hatten und sich blos durch die Angst kundgaben, die sich auf ihrem Gesicht und durch ihr unarticulirtes Aechzen verrieth. Es ist eine bekannte Sache, daß Convulsionen im höchsten Grade ansteckend sind. Der Sanct Veitstanz und die Besessenen des Kirchhofs St. Medardus würden im Nothfalle unwiderlegliche Beweise hierzu liefern.

In dem Zustand von Erschütterung, worin sich Jane's Nerven befanden, konnte die Unglückliche den höllischen Anblick, dem sie hier beiwohnen mußte, nicht ertragen; eine furchtbare Krisis, die erste, welche sie bis jetzt erfahren, trat plötzlich zu Tage. Sie sank ebenfalls auf das staubige Pflaster nieder, ihr Gesicht verzerrte sich, die Augen blickten stier, ihre Glieder krümmten sich und ihrer keuchenden Brust entrang sich ein mehrmals wiederholter dumpfer Schrei.

„Aha!“ rief Tabareau mit scheußlichem Lächeln. „Auch Du willst, obschon Du kaum herein bist, die Unordnung in meinem Hofe vermehren helfen? Aber ich will Dich sehr bald bändigen. In's Bad mit Dir — in's Bad!“

Während der Unhold diese Worte sprach, packte er Jane bei ihren erstarrten Armen und schleppte sie an eine Art steinernen Trog, in welchen eine kupferne Röhre unaufhörlich einen durchsichtigen, eiskalten Wasserstrom ergoß. Dieser Trog, der breit und tief genug war, um ein Kind von zehn bis zwölf Jahren darin ersäufen zu können, ließ seinen von zahlreichen Reibungen glatt polirten Rand etwa drei Fuß hoch über den Boden emporragen, und stand dicht an der Wand des Gebäudes, dessen Erdgeschoß die

Schlafsäle und Speisesäle der ruhigen Wahnsinnigen ent=
hielt, während sich in den Souterrains die Zellen der Tob=
süchtigen befanden.

Tabareau hob Jane auf, tauchte sie in das Wasser=
becken und ließ sie einen Augenblick lang sich darin sträu=
ben. Als er sah, daß die Convulsionen der Unglücklichen
langsamer wurden, daß die Erstarrung sich ihrer zu be=
mächtigen begann, und daß sie beinahe nicht mehr die Kraft
hatte, den Kopf über dem Wasser zu erhalten, faßte er sie
bei den Kleidern, zog sie aus diesem tödtlichen Bade und
streckte sie triefend auf das Pflaster.

Jane machte noch einige schwache Bewegungen, faltete
die Hände und hob sie mehrmals gegen Himmel, wie um
den Schutz Gottes gegen die nichtswürdige Barbarei der
Menschen anzuflehen, dann senkte sie ihre Augenlider —
sie rührte sich nicht mehr — ihr Aechzen erlosch — sie hatte
das Bewußtsein verloren.

Tabareau rieb sich, mit der Miene freudigen Trium=
phes, die Hände.

»So muß man mit diesen Creaturen umspringen!«
murmelte er. »Ich bin gleich mit ihr fertig geworden. —
Das kalte Wasser ist ein famoses Mittel gegen die Kar=
pfensprünge und anderen Grimassen dieser Damen. Wenn
man ihnen den Willen lassen wollte, so würde man gar
nicht fertig mit ihnen und hätte keinen Augenblick Ruhe.
Man könnte dann fürwahr selbst verrückt werden.«

Die Thür des Hofes öffnete sich zum zweiten Male.
Der Director und der diensthabende Arzt kamen vorsichtig,
von einem halben Dutzend Officianten begleitet, um ihren

täglichen, von der Hausordnung vorgeschriebenen Besuch in jeder Abtheilung zu machen.

»Wohlan,« fragte der Director den Aufseher, »wie geht es heute Morgen?«

»Nicht allzuschlecht, Herr Director — es geht Alles ziemlich gut.«

»Sind eure Untergebenen ruhig?«

»Ich kann nicht klagen.«

»Wie viel habt Ihr Kranke?«

»Nicht eine einzige.«

»Wie viele Widerspenstige?«

»Nur zwei, aber ich habe sie ohne große Mühe zu bändigen verstanden. — Diese da sind es.«

Tabareau zeigte, indem er dies sagte, auf die in ihrem Winkel röchelnde, geknebelte Epileptische und die ohnmächtige Jane.

»Diese da ist so eben erst eingeliefert worden,« setzte er hinzu, indem er sich Fräulein von Simeuse näherte. »Sie wollte die Bösartige spielen. Ich tauchte sie ein wenig in das kalte Bad, um sie zu beruhigen, und wie Sie sehen, rührt sie sich nicht mehr. Sie wird sich diese Lehre merken.«

Der Arzt näherte sich Jane, hob ihr Handgelenk empor und legte die Finger an ihren Puls.

»Sie ist ohnmächtig,« sagte er, »und der Puls geht sehr langsam. Ich glaube versichern zu können, daß das Blut schon zwei Drittel seiner Lebenswärme verloren hat. Der Morgen ist übrigens kalt und die Menschlichkeit verbietet, die von Wasser triefenden Kleider auf dem Körper dieser Person zu lassen. Ehe eine Stunde verginge, wäre sie todt. Mein Rath ist daher, sie in die Krankenstube zu

bringen und ihr so bald als möglich die Hauskleidung anlegen zu lassen.

»Ich werde die Krankenwärterinnen holen lassen,«
sagte der Director, »und sie sollen sofort die von dem Doc-
tor empfohlene Toilette vornehmen. Ich glaube, Tabareau,
Ihr werdet, wenn diese Wahnsinnige wieder zur Besin-
nung gekommen ist, wohl thun, wenn Ihr sie auf ein paar
Tage in eine finstere Zelle bringt, dafern sie Euch nämlich
entschieden bösartig zu sein scheint. Dies wird die Lehre,
welche Ihr ihr soeben gegeben habt, vervollständigen.«

»Ich werde nicht verfehlen,« antwortete der Aufseher,
»und ich muß offen gestehen, daß ich auch schon daran dachte.«

»Wie viel habt Ihr gegenwärtig Tobsüchtige in den
Zellen?« hob der Director wieder an.

»Weiter keine als die, welche nicht wieder heraus-
kommen sollen — die Mörderinnen der armen Marion.«

»Sind sie immer noch sehr aufgeregt?«

»O, mehr als je.«

»Habt Ihr an ihnen schon die tägliche Züchtigung
vollstreckt?«

»Ja, Herr Director, und ich schmeichle mir, meine
Sache gut gemacht zu haben.«

»Sehr schön! Ihr seid ein Mann, wie ich ihn brauche,
Tabareau, und ich betrachte Euch als einen Gewinn für die
Anstalt. Zwei Tage sind für Euch hinreichend gewesen, um
in eurer Division eine wahrhaft bewundernswürdige Ord-
nung herzustellen. Das ist sehr gut und ich wünsche Euch
Glück dazu. Fahrt so fort und Ihr sollt bald anderweite
Beweise von meiner Gunst erhalten.«

»Sie sind zu gütig, Herr Director,« rief der Aufseher,

ganz aufgebläht vor Freude und Eitelkeit. „Ich werde
mein Möglichstes thun, um Sie zufriedenzustellen."

„Ich rechne darauf," entgegnete der Director freundlich und verließ hierauf mit dem Arzte den Hof, um die
gewissenhafte Inspection weiter fortzusetzen.

Dreizehntes Capitel.

Ein Besuch.

Tabareau war, wie wir wissen, nur allzubereit, den
grausamen Rathschlägen seines Directors zu folgen. Kaum
war Jane, nachdem sie zu sich gekommen und in die düstere
Hospital-Uniform gekleidet worden, von den Krankenwärterinnen in den Hof zurückgebracht, so faßte er sie beim
Arme, führte sie in das Souterrain des Hauptgebäudes und
sperrte sie hier in die Zelle, welche an die stieß, in welcher
die beiden Mörderinnen Marion's Tag und Nacht ununter-
brochen winselten, heulten und schrieen.

Jane, welche durch diese entsetzliche Nachbarschaft
des Schlafes beraubt ward und zur Unterstützung ihrer
Kräfte nur ungenügende Nahrung bekam, verlebte drei Tage
in dieser Hölle.

Am vierten Tage riß Tabareau sie aus dem unge-
funden, finstern Gefängniß heraus und befahl ihr, wieder
hinaufzugehen. Da sie nicht schnell genug gehorchte, so trug
oder schleppte er sie vielmehr bis auf die oberste Stufe der
Treppe.

Als Jane das Tageslicht wieder sah und eine für ihre

erschöpfte kranke Brust zu scharfe und reine Luft athmete, wäre sie beinahe abermals ohnmächtig geworden und sank auf die Knie nieder.

Tabareau riß sie mit rauher Hand wieder in die Höhe und sagte in seinem drohendsten Tone zu ihr:

»Vergiß nicht, daß Gewinsel und Händeringen Dir bei mir nichts hilft. Bei mir heißt es biegen oder brechen. So wie Du versuchst, nochmals Widerstand zu leisten, führe ich Dich wieder in die Zelle, welche Du soeben verlassen, aber dann sollst Du nicht so bald wieder heraus, das merke Dir!«

Der Aufseher ließ Jane's Hände los und sie sank, zu schwach, sich aufrecht zu erhalten, abermals nieder und kroch bis an die Mauer, wo sie sich unter einem bleichen Sonnenstrahl zusammenkauerte. Hier schloß sie ihre Augen und fiel in einen gleichsam lethargischen Schlaf, welcher viele Stunden dauerte.

Seit dem Tage, wo die Arme wie durch ein Wunder dem Zusammensturz des brennenden Rothen Hauses ent= ronnen, war eine große furchtbare Veränderung mit ihr vorgegangen und machte sie beinahe unkenntlich.

Die Züge ihres Gesichtes bewahrten allerdings noch ihre engelgleiche rührende Schönheit, aber dieses abgezehrte, durchsichtig bleiche Gesicht schien das einer ihrem Grabe entronnenen Todten zu sein. Die übermäßig großen Augen funkelten mit fieberhaftem Glanz inmitten eines breiten schwarzen Ringes, der bis auf die Wangen herabreichte. Die zerzausten Massen langen schwarzen Haares fielen in staubigen Flechten an diesem gespenstischen Antlitz herun= ter und wallten unordentlich über die Schultern.

Wer kein Herz von Stein besaß, konnte unmöglich ohne tiefes Gefühl von Mitleid das arme Wesen betrachten, welches ohne Zweifel der Engel des Todes und der des Wahnsinns gleichzeitig mit ihren Fittigen berührt hatten.

Leider aber waren in der Salpetrière alle Herzen von Stein und das Tabareau's konnte mit dem härtesten Kiesel wetteifern, wenn Tabareau nämlich überhaupt ein Herz hatte.

Auf diesen in den Zufluchtsstätten des Wahnsinns altgewordenen Menschen war jedes der Vernunft beraubte Wesen eine Art gefährliches und schädliches Thier und fortwährend bedacht, seinen Hüter zu beißen oder sogar zu zerreißen, weshalb dieser Hüter das Recht hatte, sich zu vertheidigen, indem er ihm einen Maulkorb anlegte und es durch Anwendung aller Mittel, selbst der anscheinend widerwärtigsten, ohnmächtig zu machen suchte.

Wir müssen hinzufügen, daß Tabareau eines jener wesentlich und naiv grausamen Gemüther besaß, welche sich an dem Anblick des Leidens weiden und denen es Freude macht, die Qualen zu sehen, welche sie zufügen. — Diese Gemüther sind übrigens — und man darf sich in dieser Beziehung nicht täuschen — leider durchaus nicht selten. Tabareau konnte weder als eine Ausnahme, noch als eine Anomalie betrachtet werden.

Um fünf Uhr Abends begann die große Glocke der Salpetrière zu läuten.

Diese Glocke gab den Aufsehern aller Divisionen das Zeichen, die Höfe räumen zu lassen und die Wahnsinnigen nach dem gemeinschaftlich eingenommenen Abendbrot in ihre besonderen Zellen oder in die Schlafsäle einzuschließen.

Die Wahnsinnigen kannten dieses Signal so genau, daß in dem Augenblick, wo man den ersten Schlag hörte, sie schnell auf die Pavillons zuliefen, um den Peitschen= hieben zu entrinnen, welche niemals verfehlten, die Zau= dernden zu treffen.

Tabareau zählte sie, neben der Thür stehend, beim Vorübergehen. Als alle an ihm vorbeidefilirt waren, be= merkte er, daß eine seiner Nummern ihm fehlte.

Er knüpfte fluchend zwei oder drei Knoten in die Schmitze seiner Peitsche und begann die Runde durch den Hof zu machen.

Kaum hatte er das erste Drittel des Raumes hinter sich, als er Jane von Simeuse oder vielmehr die, welche jetzt Nr. 913 hieß, bemerkte. Sie lag noch am Fuße der Mauer ausgestreckt und schlief jenen schweren Schlaf, der auf drei schlaflose Nächte folgte.

»Heda, Du!« rief er mit seiner Peitsche knallend, »heda, hörst Du mich nicht?«

Jane hörte nicht, und machte keine Bewegung.

Tabareau runzelte die Stirn, seine Unterlippe zog sich zusammen, er näherte sich der Armen und die scharfe Schmitze der Peitsche, welche er schwang, zeichnete auf Jane's Stirn eine blutige Schwiele.

Die Tochter der Simeuse, die Braut des Marquis René von Rieux, erwachte bei diesem neuen Schmerze, in= dem sie ein herzzerreißendes Aechzen ausstieß.

»Bist Du taub?« heulte Tabareau; »wenn ich be= fehle, so muß man gehorchen! Hast Du dies vielleicht schon vergessen? — Dann will ich Dich hiermit daran erinnern! Also rasch auf, sonst setzt es noch mehr!«

Wie um diesen Worten Nachdruck zu geben, zischte die drohende Peitsche um Jane's Gesicht wie eine Natter. Jane setzte sich auf und machte einen Versuch, ganz aufzustehen. Es war vergebens. Ihre immer schwächer werdenden Kräfte verließen sie. Sie sank wieder nieder.

Tabareau stürzte fluchend und lästernd auf sie zu und neigte sich zu ihr herab, um sie zu fassen und fortzutragen. Ohne Zweifel entsann sich die Wahnsinnige noch der Qual, welche ihr Henker ihr zugefügt, als er sie vor drei Tagen in das kalte Wasser getaucht; ohne Zweifel bildete sie sich ein, daß eine ähnliche Tortur sie jetzt wieder erwarte, und ohne es zu wissen, von jenem unklaren Instincte der Selbstvertheidigung, welcher den Menschen, wie vollständig auch der Schiffbruch seiner Vernunft sein möge, nie verläßt, beherrscht, streckte sie ihre beiden zitternden Hände aus, um den Aufseher aufzuhalten und von sich zu stoßen.

Diese armen, fieberhaften, schwachen, beinahe durchsichtigen Hände berührten Tabareau's Brust und Schulter so schwach, daß er diese Berührung kaum fühlte, dennoch aber erreichte seine unsinnige Wuth sofort ihren Gipfelpunkt. Er ward purpurroth, seine Augen traten aus ihren Höhlen, die Adern seiner Stirn und seines Halses schwollen auf wie gespannte Stricke.

»Ha, Du willst Dich wehren, Elende!« stammelte er mit vor Wuth erstickter Stimme. »Du schlägst mich, Bestie? — Dann wollen wir bald ein Ende machen. Ich hatte es Dir schon zugeschworen — ich werde meinen Schwur halten!«

Gleichzeitig wickelte er Jane's langes Haar um seine rechte Hand, zog dann die Unglückliche hinter sich her, zwang sie mit drei Sprüngen den Hof in seiner ganzen Breite zu überschreiten, schleuderte sie die Stufen hinab. welche in das Souterrain führten, stürzte sie beinahe leblos in die Zelle hinein, aus welcher er sie am Morgen deßselben Tages gezogen, und verriegelte hinter ihr das Gitterthor, indem er rief:

»Nun bist Du in deinem Grabe, und sollst nicht wieder heraus!«

*   *
*

Eines Tages, Mittags — gerade zwei Wochen nach dem gräßlichen Auftritte, den wir so eben erzählt — hielt eine reichbespannte Carrosse, an deren Schlag statt des Wappens eine mit Farben versehene Palette von künstlerischen Attributen umgeben zu sehen war, auf der Esplanade des Boulevard de l'Hospital vor dem eisernen Gitterthore der Salpetrière.

Ein baumlanger Lakai in einer Phantasielivrée von hellen, aber harmonischen Farben öffnete den Schlag und ein noch junger Mann von auffallender Schönheit und Eleganz, welcher die Distinction des Edelmanns mit der intelligenten und geistreichen Physiognomie des Künstlers verschmolz, stieg aus dem Wagen und kam auf die kleine Seitenthür zu, welche der über die Pracht der Equipage verwundete Pförtner ihm bereitwillig öffnete.

»Was wünschen Sie, mein Herr?« fragte der Pförtner.

»Ich möchte das Innere der Salpetrière sehen,« antwortete der junge Herr. »Es ist dies, glaube ich, sehr leicht —«

»Es thut mir leid, Ihnen sagen zu müssen, mein Herr, daß es im Gegentheil ganz unmöglich ist.«

»Warum denn?«

»Der Herr Director hat uns die bestimmtesten Befehle gegeben. Er hat sogar der Hausordnung einen Artikel hinzugefügt, welcher ausdrücklich verbietet, fremde Personen unter irgend einem Vorwande in das Innere des Hospitals zu lassen.«

»Dieses Verbot ist wohl ein neuerliches?« fragte der feine junge Herr.

»Ja, mein Herr, es ist erst vor drei Wochen erlassen worden.«

»Macht man nicht zuweilen eine Ausnahme von der Regel?«

»Nur der Herr Director hat das Recht, eine solche zu machen.«

»Ist der Herr Director jetzt zu Hause?«

»Ja, mein Herr, aber man darf ihn nicht stören. Er ist dringend beschäftigt — er ist bei Tische.«

»Das ist allerdings eine dringende Beschäftigung!« entgegnete der junge Mann mit liebenswürdigem Lächeln.

Dann zog er aus der Tasche seines Rockes seine Brieftasche von weißem Atlas, nahm aus derselben ein vierfach zusammengebrochenes starkes Blatt und reichte es dem Pförtner, indem er sagte:

»Mein Freund, tragt dieses Papier zu dem Herrn Director, oder laßt es zu ihm tragen und entschuldigt mich gleichzeitig bei ihm wegen der Störung, die ich ihm wäh-

rend des so überaus wichtigen Actes seiner Mahlzeit ver=
ursache.«

Der junge Mann hatte ein so vornehmes Wesen, daß
der Pförtner nicht zögerte, selbst zu dem Director hinauf=
zugehen.

Dieser letztere, der anfangs sehr unwirsch war, in der
Verdauung eines gefüllten Rebhuhns unterbrochen zu
werden, sprang, als er das geheimnißvolle Papier aus=
einandergefaltet, auf, und ohne sich auch nur Zeit zu
nehmen, die Serviette abzunehmen, welche nach dem alter=
thümlichen Gebrauche an seinem Knopfloch hing, eilte er
aus dem Speisezimmer hinaus, durchschritt das Vorzimmer
und rollte die Treppe hinab wie eine Kugel, um den Be=
sucher auch keine Secunde lang warten zu lassen.

Er hatte Folgendes gelesen:

»Der Herr Director der Salpetrière wird ersucht, sein
ganzes Personal und sich selbst zur Verfügung des Herrn
Doyen, meines Malers, und der Personen zu stellen,
welche er angemessen finden wird mitzubringen.«

Diese wenigen Zeilen waren mit dem Namen »Gräfin
Dubarry« unterzeichnet.

Nun war es in Paris wenigstens unter ein wenig gut
unterrichteten Leuten allgemein bekannt, daß, wenn Ludwig
der Fünfzehnte Frankreich regierte, die Dubarry den König
und der Maler Doyen die Favoritin regierte.

Für den Director der Salpetrière trug daher der
glückliche und berühmte Künstler einen Abglanz der könig=
lichen Krone an der Stirn und dies muß uns auf mehr als
genügende Weise seine Dienstfertigkeit und seinen Eifer er=
klären.

»Ah, Herr Doyen!« rief er mit hofmännischer Unter-
würfigkeit grüßend, »wenn ich gewußt hätte — wenn ich
vorher benachrichtigt worden wäre! — Sie sehen mich
trostlos — verzweifelt.«

»Worüber denn, Herr Director?« fragte der Künstler
freundlich.

»Nun, daß ich Sie aus Unwissenheit sich an eine Bestimmung habe stoßen lassen, welche durchaus nicht auf Sie
berechnet war.«

»Wie mir scheint, ist dieser Schade leicht wieder gut
zu machen. Sie brauchen ja diese Bestimmung nur aufzu-
heben und mir, wie die Gräfin es wünscht, einen Ihrer
Untergebenen als Führer zur Verfügung zu stellen.«

»Einen meiner Untergebenen!« wiederholte der
Director. »Ach, Herr Doyen, was sagen Sie da! — Ich
selbst werde die Ehre und die Freude haben, Sie überall
hinzubegleiten.«

»O nein, das kann ich nicht annehmen.«

»Sie wollen mich also zur Verzweiflung treiben?«

»Nein, aber ich will Sie in Ruhe diniren lassen.«

»Ei, wie kann hier das Diniren in Frage kommen!
Lieber wollte ich vierzehn Tage nicht diniren, als einem
Andern das kostbare Vorrecht überlassen, Ihnen zum
Führer zu dienen.«

»Ich sage Ihnen aber im Voraus, Herr Director,
daß mein Besuch ein wenig lange dauern kann.«

»Um so besser, hundertmal besser! Das Glück, in
der Nähe eines Mannes wie Sie zu sein, kann man niemals zu lange genießen.«

»Nun, da Ihnen so viel daran zu liegen scheint, so nehme ich Ihr freundliches Anerbieten an.«

»Ach, Herr Doyen, Sie beschämen mich durch Ihre Güte!«

»Und beliebt es Ihnen, eine Runde mit mir zu beginnen?«

»Ja wohl, augenblicklich.«

»Wo werden Sie mich zuerst hinführen?«

»Das zu entscheiden, steht bei Ihnen. Die Salpetrière ist gleichzeitig ein Asyl für das Alter, ein Hospital für die Krankheit und ein Irrenhaus. Wünschen Sie die alten Frauen oder die kranken oder die wahnsinnigen zu sehen?«

»O, nur die Wahnsinnigen. Ich komme nämlich, um gewisse unumgängliche Studien wegen eines Gemäldes zu machen, das die Frau Gräfin Dubarry von mir verlangt, und welches eine sehr rührende der Tragödie eines englischen Autors mit barbarischem Namen, — Shakespeare, glaube ich — entlehnte Scene darstellen soll. Heute will ich mir meine Modelle aussuchen und werde dann ohne Zweifel wiederkommen, um mehrere Tage hinter einander hier zu verbleiben.«

»Nun, dann wollen wir uns sofort auf den Weg machen, Herr Doyen. Ich werde die Ehre haben, Sie in die erste Abtheilung zu führen.«

Vierzehntes Capitel.

Die Zellen.

Ein Schließer schritt dem Maler und dem Director voran. Auf ein Zeichen dieses letzteren ward ein Gitter= thor geöffnet, welches den Zugang zu einem geräumigen Hofe bildete, und Doyen gewahrte hier etwa sechzig Frauen, alle gleichmäßig in einen grauen Stoff gekleidet, auf den steinernen Bänken sitzend oder gruppenweise und lebhaft mit einander plaudernd und hin= und herspazierend.

Der Director blieb stehen.

„Wo sind denn die Wahnsinnigen?" fragte der Ma= ler, nachdem er einen erstaunten Blick um sich geworfen.

„Das sind sie, Herr Doyen; das sind sie."

„Wie? Diese Spaziergängerinnen?"

„Allerdings."

„Aber alle diese Frauen scheinen mir vollkommen ruhig und verständig zu sein."

„Ich muß Ihnen bemerklich machen, daß wir hier in der ersten Section der ersten Abtheilung sind. Dieser Hof ist der der ruhigen Geisteskranken. Uebrigens muß ich hin= zufügen, daß diese Frauen Ihnen blos deswegen verstän= dig vorkommen, weil Sie dieselben noch nicht genau ange= sehen haben. Sehen Sie sie genauer an, studiren Sie den Ausdruck ihrer Physiognomien und Sie werden bald an= ders reden. — Was denken Sie zum Beispiel von dieser da, welche zehn Schritte vor uns mit einer Art Papierkrone auf dem Kopfe hin= und hergeht?«

»Ich denke, sie hat einen stolzen Gang und eine stattliche Haltung.«

»Ganz recht, denn sie glaubt die Tochter, ich weiß nicht was für eines fingirten Monarchen und Braut Seiner Majestät des Königs Ludwig des Fünfzehnten zu sein. — Jene Zweite, welche ihr ehrerbietig in einer Entfernung von zwei oder drei Schritten folgt und kleine Stückchen Bänder von allen Farben auf der Brust trägt, bildet sich ein, Ehrendame der erstern zu sein. Wenn ich eine von beiden anreden wollte, so würde mir die erstere sofort ihren Schutz versprechen. Diese Dritte, welche dort ganz allein auf= und abwandelt und mit einem Stäbchen von weißem Holz geheimnißvolle Zeichen und Hieroglyphen in den Sand zeichnet, ist von einem sehr seltenen und bei den Frauen sonst fast nie vorkommenden Wahnsinn besessen. Sie hat sich nämlich überstudirt. Befragen Sie sie und sie wird Ihnen sagen, sie habe die Mittel gefunden, die Anziehungs= kraft der Gestirne zu ändern und zu machen, daß die Sonne sich um die Erde drehe. Ist das nicht sehr merkwürdig?«

»Diese Wahnsinnigen,« bemerkte Doyen, »scheinen sich nicht sehr unglücklich zu fühlen.«

»Sie sind auch in der That nicht unglücklich,« entgeg= nete der Director; »vielleicht fühlen sie sich mit ihrem Wahnsinn hier glücklicher, als sie es mit ihrem Verstand in der Welt sein würden. Die Zahl dieser ist jedoch in der Salpetrière sehr klein und Sie werden sofort den Beweis davon sehen, denn wir wollen uns nun, wenn es Ihnen recht ist, in den Hof der Unruhigen begeben.«

»Noch eine Minute, wenn ich bitten darf,« antwortete der Maler. »Laſſen Sie mir Zeit, mich zu überzeugen, ob ich nicht unter dieſen Frauen das Modell finde, deſſen ich bedarf.«

»Ich ſtehe zu Befehl, Herr Doyen,« murmelte der Director, ſich verneigend.

Der Künſtler machte nun langſam die Runde um den Hof, heftete die Augen auf alle Geſichter und analyſirte ſie mit einem einzigen Blick. Er ſtieß aber nur auf gemeine Züge und auf unentſchiedenen, nichtsſagenden oder trivialen Ausdruck.

»Aus ſolchen Geſichtern iſt nichts zu machen,« ſagte er zu dem Director, indem er ſich wieder zu dieſem geſellte. »Wenn Sie es wünſchen, ſo folge ich Ihnen.«

Zwei oder drei Thüren wurden geöffnet und dann überſchritten Doyen und ſein Führer die Schwelle des Hofes, den wir ſchon kennen, und auf welchem der furchtbare Tabareau herrſchte.

Wir wiſſen, welches Schauſpiel ſich den Blicken des Künſtlers darbot — wir haben die unglücklichen Weſen von unaufhörlicher Furcht erſtarrt, düſter und traurig längs den Wänden und hinter den Bäumen hocken ſehen.

»Ich glaube, Herr Doyen,« ſagte der Director mit angenehmem Lächeln, »hier werden Sie mich nicht wie vorhin fragen, wo die Wahnſinnigen ſeien?«

»Leider nein,« antwortete der Maler. »Der Wahnſinn dieſer Unglücklichen iſt nur allzu ſichtbar. — Sind ſie gefährlich?« ſetzte er hinzu.

»Die mehrſten unter ihnen ſind es, dies läßt ſich nicht

bezweifeln, denn der Wahnsinn der Unruhigen ist stets nahe daran, in Tobsucht auszuarten.«

»Aber Sie besitzen ohne Zweifel Mittel, dies zu verhindern.«

»Ei, ja wohl,« entgegnete der Director mit dem Ausdrucke rechtmäßigen Stolzes, »wir haben zu diesem Zwecke zahlreiche und untrügliche Mittel.«

»Und worin bestehen die hauptsächlichsten dieser Mittel, wenn ich fragen darf?«

»Erstens in den vollkommen vergitterten, finstern Zellen, welche wir sogleich besuchen werden. Zweitens darin, daß man die Tobsüchtigen in die Zwangsjacke steckt, oder ihnen, je nach Umständen, wohlthätige Eintauchungen in kaltes Wasser, gute Douchebäder auf den Kopf und tüchtige Hiebe applicirt, welche dergleichen Anwandlungen wie auf einen Zauberschlag beschwichtigen.«

Doyen schauderte unwillkürlich, faßte sich jedoch schnell wieder und ließ die unruhigen Wahnsinnigen die Musterung passiren. Er sah aber nur verthierte und grimmige Gesichter und begegnete nur widerwärtigen Blicken, in welchen gleichzeitig Furcht und Drohung zu lesen stand.

»Auch hier,« murmelte er, »werde ich nicht das sanfte Antlitz finden, welches mir Ophelia zeigen soll.«

In diesem Augenblicke öffnete der Schließer eine schwere, massive Thür, welche neben dem uns bekannten steinernen Troge in der Mauer angebracht war.

Ein gewisses ununterbrochenes und verworrenes Gemurmel, welches schon seit einigen Augenblicken an Doyen's Ohr geschlagen, nahm sofort eine deutliche Gestalt an. Es war ein Geschrei oder vielmehr ein wildes Geheul mit Aechzen und seltsamen Ausrufungen untermischt.

Der Künstler fühlte seine Gemüthsbewegung wieder erwachen und ward wider Willen bleich. „Dies sind die Tobsüchtigen, welche hier ihren Sabbath halten," sagte der Director. „Die Gitter der Zellen sind aber fest und ich versichere Ihnen, daß die Besucher nicht die mindeste Gefahr zu fürchten haben."

„O, ich fürchte mich auch nicht," entgegnete Doyen. „Dieses entsetzliche Geschrei macht blos einen peinlichen Eindruck auf mich."

„Wenn es Ihnen recht ist, so wollen wir hinunter= gehen."

„Ich folge Ihnen."

Der Schließer, welcher mittlerweile eine Laterne an= gezündet hatte, ging voran und die zwanzig Stufen einer schmalen finstern Treppe hinunter, die in einen langen ge= wölbten Gang führte, welchen die drei Männer nun be= traten.

Auf der rechten Seite dieses Ganges gab es in abge= messenen Entfernungen kleine Nischen von acht Fuß Länge und Breite und sechs Fuß Höhe. Eiserne Stangen von ungeheurer Stärke und kaum fünf bis sechs Zoll weit von einander entfernt verschlossen diese kleinen Nischen, in welche man von einem hinter ihnen hinwegführenden schmalen Corridor aus gelangte.

Auf den Steinplatten des Fußbodens dieser Zellen lag eine Schichte Stroh.

Dies waren die finstern Zellen.

Mehrere derselben waren leer. Im Hintergrunde

einiger andern lagen Frauen, unglückliche Wahnsinnige, auf dem Stroh in einem Zustande dumpfer Betäubung, oder standen und drückten die Stirnen an die Eisenstangen. Sie hefteten auf die aus dem Director, Doyen und dem Schließer bestehende Gruppe starre, wüthende Blicke. Dabei machten sie ungeheuerliche Grimassen und drohten den Vorübergehenden mit geballter Faust. Einige von ihnen schüttelten die Stangen mit solcher Heftigkeit, daß sie dieselben locker zu machen schienen.

Mittlerweile stieg der furchtbare Lärm, welcher einen so lebhaften Eindruck auf Doyen gemacht, mit jeder Secunde höher und ließ keinen Augenblick nach.

Dieses Geschrei kam von dem äußersten Ende der Gallerie.

Der Director blieb stehen und wendete sich zu dem Schließer.

»Es ist wohl Nr. 420, die wieder ihre Mucken hat?« fragte er.

»Ja, Herr Director.«

»Gut. Ruft Tabareau. Herrn Doyen wird es interessant sein, zu sehen, wie wir es anfangen, um diese Furien, welche den Umstand, daß sie wahnsinnig sind, benutzen, um die Leute, welche ihren gesunden Verstand noch haben, auch deßelben zu berauben, zur Ruhe und zum Schweigen zu bringen.«

Der Schließer gehorchte.

Er setzte eine kleine kupferne Pfeife, welche an seinem Schlüsselbunde hing, an den Mund und entlockte ihr einen gellenden, langgedehnten Ton.

Tabareau kam mit dem lobenswerthesten Eifer her-
beigeeilt.

Mit zwei Worten unterrichtete der Director ihn von
dem, was er von ihm erwartete, und der ehemalige Aufseher von Bicètre legte selbstzufrieden lächelnd sein „Ar-
beitscostume" an.

Dieses ziemlich seltsame Costüm bestand in einem
vollständigen Harnisch aus gegerbtem Leder, welches eben
so fest und dicht war wie das, von welchem man die
Schurzfelle der Hufschmiede fertigt.

Der Zweck dieses Harnisches war, den scharfen Nägeln der Wahnsinnigen keinen Anhalt zu bieten.

Nachdem Tabareau mit seiner Toilette fertig war,
näherte er sich dem Director. Mit der linken Hand nahm
er seine baumwollene Mütze ab, mit der rechten stützte er
sich auf das stählerne Stäbchen, welches ihn niemals verließ, und er fragte:

„Welche Nummer soll bearbeitet werden?"

„Nummer 420. Sie ist viel zu laut."

„Dennoch habe ich sie heute schon einmal gezüchtigt."

„Dann bedarf sie noch einer dritten Lection, um artig
zu werden."

„Man wird sie ihr geben, aber nun soll es auch gehen wie nach Noten."

Mit diesen Worten lenkte Tabareau seine Schritte
nach dem äußersten Ende des Ganges, woher das Geschrei kam.

„Gehen wir weiter, wenn es beliebt, Herr Doyen,"
sagte der Director.

Der Künstler that mit einer fieberhaften Neugier, in

welche sich tiefer Widerwillen und unaussprechliches Entsetzen mischten, einige Schritte, und langte endlich vor der
Zelle an.

Die Wahnsinnige, welche man hier eingesperrt, war
widerwärtig häßlich und ihr Alter kaum zu bestimmen.
Langes, struppiges, graues Haar hing wie eine Mähne
auf ihr abgezehrtes, bleiches Gesicht herab. Diese bläuli-
chen Adern zeichneten sich wie eben so viele Stricke auf diesem furchtbar verzerrten Gesichte. Die Augen, welche
grimmiger waren, als die des Tigers, schienen nahe daran
aus ihren Höhlen zu springen, die Augenlider waren blut-
roth, die unaufhörlich heulenden und folglich stets offenen
Lippen ließen spitzige, weit auseinanderstehende Zähne,
wie die des Wolfes, sehen, und troffen von weißem Schaum.

Diese Frau war halb nackt, denn die Kleider, welche
sie in ihren Anfällen von Tobsucht in Fetzen gerissen, hin-
gen nur noch als Lumpen um sie herum.

Sie rannte wie ein eingesperrtes wildes Thier in ihrem
Kerker hin und her. Zuweilen blieb sie stehen und machte
die seltsamsten Sprünge, oder sie wälzte sich auf dem
Stroh, indem sie ihre Glieder krümmte, als ob sie die Epi-
lepsie hätte.

Diesem Schauspiele gegenüber, welches weit entsetz-
licher war, als Doyen sich jemals gedacht hatte, fühlte er,
wie ihn ein Schauer von Kopf bis zu den Füßen überrie-
selte und der Muth begann ihm zu sinken.

»Dieses Weib ist eine ehemalige Fischhändlerin und
die gefährlichste unserer Wahnsinnigen,« sagte der Director.

»Ist sie schon lange in der Salpetrière?« fragte Doyen.

»Drei Jahre.«

»Und immer so wüthend?«

»O nein, — in dem Zustande, in welchem Sie sie jetzt sehen, befindet sie sich erst seit vierzehn Tagen.«

»Hat sie niemals Unglück angerichtet?«

»Ich bitte um Entschuldigung, Herr Doyen — vergangene Woche hat sie gemeinschaftlich mit einer ehemaligen Marketenderin, welche hier daneben in einer andern Zelle steckt, eine Aufseherin, einen Inspector und zwei Soldaten der Scharwache erschlagen.«

»Mein Gott!« rief der Künstler erschrocken.

»Deswegen,« hob der Director wieder an, »ist sie eben so wie ihre Mitschuldige in diese Zelle eingesperrt worden, welche sie lebend nie wieder verlassen wird. Aus diesem Grunde unterwirft man sie auch jeden Tag mit vollkommener Regelmäßigkeit Züchtigungen von der Art, welcher sie jetzt beiwohnen werden. Schauen Sie hin, Herr Doyen, schauen Sie hin — ich versichere Ihnen, daß es der Mühe verlohnt.«

Der Maler richtete seine Augen, die er, von unüberwindlicher Scheu bewogen, von der Wahnsinnigen abgewendet, wieder auf dieselbe und gewahrte, daß eine kleine, in dem Hintergrunde der Zelle angebrachte sehr schmale Thür sich leise in ihren Angeln drehte.

Zum großen Erstaunen Doyen's schlich Tabareau durch diese Thür, welche er wieder hinter sich verschloß, in diese Zelle herein.

Als die Wahnsinnige ihn hörte, drehte sie sich rasch

herum. Beim Anblicke des Aufsehers knirschte sie mit den Zähnen und wich bis in die fernste Ecke der Zelle zurück.

Einige Secunden lang verhielt sich Tabareau unbeweglich, die Augen auf die Unglückliche geheftet und während er sie durch seinen Blick zu magnetisiren suchte. Dann näherte er sich ihr um einen Schritt.

Die Wahnsinnige raffte ihre Glieder zusammen wie ein Jaguar, der zum Sprunge ausholt. Sie stellte sich steif, und stürzte dann mit einem Male auf ihren Bändiger los.

Tabareau war auf diesen plötzlichen und furchtbaren Angriff gefaßt. Er hielt den Stoß aus, ohne zu wanken.

Die Wahnsinnige hatte ihre beiden Hände oder vielmehr ihre beiden Krallen um den Stierhals ihres Gegners geschlungen, aber ihre Nägel zerbrachen an dem Leder, ohne es fassen zu können. Eine rasche Bewegung des Bändigers zwang sie loszulassen.

Nun versuchte das furchtbare Geschöpf den Aufseher mit den Armen zu umschließen, um ihn zu ersticken, aber der unbeugsame Harnisch vereitelte auch jetzt ihre Anstrengungen. Dreimal kehrte sie mit demselben Erfolge zum Angriff zurück, indem sie ein Geheul ausstieß, welches weder das Geschrei eines Menschen, noch das Gebrüll eines wilden Thieres war.

Tabareau ließ sie sich erschöpfen, dann packte er so ruhig, als ob dieser Kampf ein bloßes Kinderspiel wäre, die Wahnsinnige bei ihrem struppigen Haar, drehte sie drei- oder viermal um sich selbst herum, warf sie halb nieder und begann nun mit dem stählernen Stäbchen ihre Schultern und Lenden zu bearbeiten. Jeder der Hiebe hallte dumpf und zog eine Furche in das Fleisch, welches anfangs roth war, aber beinahe sofort darauf bläulich ward.

Nachdem Tabareau auf diese Weise fünfzehn bis zwanzig Hiebe ausgetheilt, öffnete er seine linke Faust und ließ die Handvoll Haare fallen, welche er seinem Opfer ausgerauft.

Die Wahnsinnige stürzte mit dem Gesichte auf die Steinplatten der Zelle nieder und stand nicht wieder auf.

Sie heulte jetzt nicht mehr — sie röchelte.

Tabareau öffnete wieder die kleine Thür und verließ die Zelle.

»Nun, Herr Doyen, was sagen Sie dazu?« fragte der Director lächelnd den Maler.

»Ich sage, daß es schrecklich ist,« rief Doyen.

»Allerdings, aber es ist unumgänglich nöthig. Es gibt blos ein Mittel, mit unlenksamen Tobsüchtigen wie diese da fertig zu werden, und Tabareau bringt es auf entzückende Weise in Anwendung. Ach, dieser Aufseher ist ein ganzer Mann!«

Der Director schwieg einen Augenblick, als er aber sah, daß Doyen nicht geneigt zu sein schien, mit in das Lob Tabareau's einzustimmen, fuhr er fort:

»Wenn Sie es angemessen finden, Herr Doyen, so können wir nun die andern Abtheilungen besuchen.«

»Gibt es in den Kerkern, welche auf diesen folgen, nicht noch mehr Wahnsinnige?« fragte der Künstler.

»Ich glaube nicht.«

In diesem Augenblicke erschien Tabareau wieder. Er hatte sich seines Lederharnisches entledigt.

»Entſchuldigen Sie, Herr Director,« ſagte er, »es iſt noch eine Zelle beſetzt.«

»Von wem denn?«

»Von der zuletzt Eingelieferten — Nummer 913 — es iſt ein junges ſchönes Mädchen.«

»Was hat ſie denn gethan, um dieſe Strafe zu ver= dienen?«

»Sie empörte ſich offen gegen mich und ſchlug mich.«

»Aha! Wie es ſcheint, iſt die Lection, die ſie neulich bekommen, noch nicht hinreichend geweſen. Ihr habt es recht gemacht, daß Ihr ſie eingeſperrt habt, Tabareau. Das wird ſie bändigen — ohne Zweifel. Uebrigens macht ſie keinen großen Lärm. Wollen Sie ſie ſehen, Herr Doyen?«

Der Maler antwortete durch eine bejahende Geberde. Der Schließer nahm wieder ſeine Laterne, that einige Schritte und blieb vor der Zelle ſtehen, in welcher Jane von Simeuſe eingeſperrt war.

Fünfzehntes Capitel.

Das Modell.

»Aber,« ſagte der Künſtler, nachdem er einen Blick in die Zelle geworfen, »wie mir ſcheint, iſt dieſe Zelle leer.«

»Solltet Ihr Euch geirrt haben, Tabareau?« fragte der Director den Aufſeher.

»Nein, nein,« entgegnete letzterer, »ich weiß gewiß,

was ich sage. Die Wahnsinnige ist da — sie versteckt sich blos."

Der Schließer ließ den vollen Schein der Laterne, die er in der Hand trug, in die Zelle fallen, und dieser Schein gestattete Doyen durch das Halbdunkel des unheimlichen Käfigs hindurch eine ausgestreckte weibliche Gestalt zu sehen.

Jane von Simeuse lehnte, in einem Zustande voll= ster Unbeweglichkeit auf dem Stroh liegend, mit den Schultern an einer der Wände des Hintergrundes ihres Kerkers. Ihr Kopf hing über die linke Schulter herab. — Sie schien nichts zu sehen und nichts zu hören. Ohne ihre weitgeöffneten Augen und ohne den fieberhaften Glanz ihres vor sich hinstierenden Blickes, der gleichwohl auf keinem Gegenstande weilte, hätte man glauben können, sie schliefe oder sei todt.

Doyen fühlte sich tief gerührt, als er dieses abgezehrte Gesicht betrachtete, welches noch so viel Spuren seiner so poetischen, so reinen Schönheit bewahrte.

"Diese Züge sind mir bekannt," sagte er bei sich selbst. "Ich weiß gewiß, daß ich diese Unglückliche heute nicht zum ersten Male sehe. Sie ist mir schon erschienen. Aber an welchem Orte? — Zu welcher Zeit? Vergebens suche ich — ich kann mich nicht erinnern. Doch wie dem auch sein möge, dieses rührende Ophelia=Angesicht, dieser ideale Typus, den ich suchte und den ich träumte, ist jetzt vor meinen Augen. — Dies ist mein Modell — ich habe gefunden."

Der Director unterbrach den Künstler mit der Frage:
"Nun, Herr Doyen, was denken Sie von meiner Nummer 913?"

»Ich denke, daß dieses arme Wesen sehr schön, sehr jung und sehr zu beklagen ist,« antwortete der Maler. »Wie kommt es, daß ihre Familie sie so vollständig ver= lassen hat?«

»Es ist mehr als wahrscheinlich, daß sie gar keine Familie hat.«

»Wo ist sie her?«

»Sie ist des Nachts durch eine Polizeipatrouille in einer Herberge aufgegriffen worden, wo Banditen und Falschmünzer zu verkehren pflegten.«

»Dann kennen Sie auch nicht ihr Alter, ihren Namen und den Ursprung ihres Wahnsinns?«

»Wir wissen nichts von Allem, was sie angeht, und ich käme in große Verlegenheit, wenn ich sie anders bezeich= nen sollte, als durch die Nummer, unter welcher sie in das Personalregister eingetragen worden.«

»Diese Wahnsinnige,« fuhr der Künstler fort, »inte= ressirt mich mehr, als ich sagen kann. Ich würde mich glück= lich schätzen, wenn ich etwas für sie thun könnte.«

»Ach, Herr Doyen,« rief der Director, dem sehr viel daranlag, durch einen Beweis der Gefälligkeit sich die Gunst des Günstlings der Günstlingin zu erwerben, »da Sie so freundlich sind, sich für das arme Geschöpf zu inte= ressiren, so will ich Befehl geben, es sofort aus dieser Zelle zu entfernen und Zwangsmittel künftig nur im äußersten Nothfalle anzuwenden.«

»Dafür wäre ich Ihnen um so dankbarer,« entgegnete der Künstler, »als eben dieses arme Mädchen mir zum Modell des Gemäldes dienen wird, von welchem ich Ihnen sagte und welches die Frau Gräfin Dubarry von mir zu besitzen wünscht.«

»Welche Ehre für meine Pflegbefohlene — welche unermeßliche Ehre, Herr Doyen! Wie Schade, daß sie so vollständig unfähig ist, dieselbe zu begreifen und zu würdigen!«

»Wenn dieses junge Mädchen nicht wahnsinnig wäre,« entgegnete der Künstler lächelnd, »so wäre sie nicht mehr Ophelia.«

Der Director erklärte diese Schlußfolgerung für vollkommen richtig. Er setzte hinzu, daß selbst der Wahnsinn ihm beneidenswerth erschiene, wenn er einen großen Maler zu einem Meisterwerk für eine Königin der Schönheit begeisterte, und er befahl dem Aufseher, in die Zelle zu gehen, der Gefangenen die Freiheit des Hofes wieder zu gestatten und sie mit der Rücksicht zu behandeln, die einer Schützlingin des Herrn Doyen gebühre.

Der erste dieser Befehle ward sofort vollzogen. Jane von Simeuse aber blieb, als sie der unterirdischen Finsterniß entrissen und dem Lichte des Tages zurückgegeben ward, stumm und unempfindlich und schien die Erleichterung, welche in ihrer Lage eingetreten war, nicht zu bemerken.

Der Maler, dessen Gemüthsbewegung diesem seltsamen Wahnsinne gegenüber, der so verschieden von Allem war, was er in dieser Beziehung bis jetzt gesehen, immer höher stieg, betrachtete Jane mit einem Gemisch von Bewunderung und Entsetzen und befragte vergebens die geheimsten Falten seines Gedächtnisses, bei welcher Gelegenheit ein beinahe gleiches Gesicht schon seinem Pinsel gesessen.

*

Zuweilen glaubte er sich nahe daran, die flüchtige Erinnerung zu erhaschen, aber fast ebenso schnell trat auch wieder Dunkel ein und das früher gesehene Bild verschwand, wie zur Stunde des Erwachens die Träume der Nacht verschwinden.

Es darf uns dies übrigens nicht allzusehr Wunder nehmen. Jane von Simeuse, das glückliche, lächelnde Kind, wie sie im ganzen Glanze ihrer strahlenden, aristokratischen Schönheit für ihren Bräutigam René von Rieux gemalt worden, war ganz gewiß nicht dasselbe Weib wie die elende Wahnsinnige, Nummer 913, welche unter den unheimlichen Gräueln der Salpetrière langsam dem Grabe entgegenging.

Nachdem der Director die Wahnsinnige einige Secunden lang mit aufmerksamem Blick betrachtet, neigte er sich zu dem Maler und sagte zu diesem:

»Herr Doyen, wollen Sie mir erlauben, die Ehre zu haben, Ihnen einen guten Rath zu geben?«

»Ich erlaube es Ihnen nicht blos, mein werther Herr Director, sondern ich bitte Sie darum.«

»Wohlan, wenn Sie die Absicht haben, nach diesem Wesen eine Arbeit zu unternehmen, so beeilen Sie sich. Versäumen Sie keinen Tag, keine Stunde. Verschieben Sie nicht auf morgen, was Sie heute thun können.«

»Warum?«

»Weil Ihnen das Modell mangeln würde, ehe das Werk fertig wäre.«

»Glauben Sie, daß das arme Kind bald sterben müsse?« rief Doyen.

»Ich glaube es nicht blos, sondern ich bin dessen ge-

wiß. Für mich sind in diesem bleichen Antlitz alle Symp-
tome eines nahen Todes sichtbar, und Sie können mir glauben, Herr Doyen, denn wenn ich auch keine Wissenschaft
besitze, so habe ich doch Erfahrung, die in gewissen Fällen
ebensogut, ja zuweilen noch besser ist.«

»Wohlan denn im Grunde genommen um so besser,«
murmelte der Künstler; »denn für diese Unglückliche würde
der Tod eine Erlösung sein. Wie schnell aber auch dieses
Leben erlöschen mag, so wird es doch jedenfalls länger
dauern als meine Arbeit. Zwei oder drei Tage werden mir
genügen. Im Nothfalle würde ich meine Studie binnen
wenigen Stunden beenden. Ich habe nichts mitgebracht,
was ich brauche, um mich heute noch ans Werk zu machen,
aber schon morgen werde ich beginnen, und wenn ich trotz
dieser Eile zu spät kommen, wenn Ihre traurige Vorher-
sagung schon in Erfüllung gegangen sein sollte, so würde
ich anstatt der lebenden Ophelia die todte Ophelia malen.«

Nachdem auf diese Weise die Frage entschieden war,
erbot sich der Director zum zweiten Male gegen Doyen,
die Runde durch die Salpetrière weiter fortzusetzen und die
andern Abtheilungen zu besuchen.

Der Künstler lehnte dies jedoch ab.

Es schien ihm völlig überflüssig, peinliche und fortan
zwecklose Gemüthsbewegungen zu verlängern, da er ja
nun gefunden, was er suchte, und da sogar sein Ideal übertroffen war.

Demzufolge nahm er Abschied von dem Director und
verließ das entsetzliche Hospital.

In dem Augenblick, wo er die Schwelle der äußern
Thür überschritten und wieder in seinen Wagen stieg, war

es ihm, als würde ihm eine unermeßliche Last vom Herzen genommen. Er empfand das wohlthätige Gefühl, welches der Taucher empfindet, der wieder auf der Oberfläche des Flusses erscheint, nachdem er den Gefahren der furchtbaren Tiefe getrotzt. Die Luft erschien ihm lauer und der Himmel heller. Dennoch nahm er eine unklare Traurigkeit, eine unüberwindliche Schwermuth mit, und während des ganzen noch übrigen Tages, während der ganzen folgenden Nacht war es ihm unmöglich, jene heitere Sorglosigkeit und frohe Laune wieder zu gewinnen, welche den Grundzug seines Charakters bildete und ihn zu einem der liebenswürdigsten Menschen jener liebenswürdigen Zeit machte.

Am nächstfolgenden Tage, gegen Mittag, erschien Doyen wieder in der Salpetrière. Er war von zwei Lakaien begleitet, welche seine Staffelei, seinen Feldstuhl und seinen Farbekasten trugen.

Wie am Tage vorher ward der Künstler von dem Director empfangen, der ihn mit Ungeduld erwartete und sich beeilte, ihn in einen kleinen reservirten Garten zu führen, der an die Privatwohnung des Aufsehers der ersten Abtheilung stieß. Der Rasen grünte schon und einige jener bescheidenen Blumen, welche dem Frühling vorangehen, begannen die von dem letzten Frost noch harte Erde zu sprengen.

Jane, die sich in diesem Garten selbst überlassen und noch ebenso bleich, aber weniger traurig und weniger niedergeschlagen war, als am Tage vorher, Jane — sagen wir — saß auf einer ländlichen Bank an dem runzeligen Stamme einer alten Linde, die noch völlig kahl war wie mitten im Winter.

Ihr langes, vollständig aufgelöstes Haar, welches eine Krankenwärterin einige Augenblicke vorher auf Befehl des Directors gekämmt, wallte ihr über Schultern und Brust und bildete einen prachtvollen Rahmen für ihr marmorbleiches Gesicht.

Ihre Augen blickten gegen Himmel, dessen makelloses Blau sich in ihren dunklen Augensternen spiegelte. Ihre Hände entblätterten mechanisch auf ihren Knien einige jener farb- und geruchlosen Blumen, von welchen wir so eben sprachen.

In dem Augenblicke, wo Doyen, der Director und die beiden Lakaien des Malers in den Garten traten, warf Jane einen verstohlenen Blick auf sie, aus welchem unverkennbar zugleich ein Ausdruck der Furcht hervorleuchtete. Ein plötzliches Zittern bewegte ihren ganzen Körper, aber diese ungegründete Furcht dauerte nur einige Secunden. — Dann nahm sie wieder ihre zerstreute, träumerische Haltung an und ihre Augen wendeten sich abermals der Tiefe des Himmels zu, welche sie zu befragen schien.

»Wenn sie nur so bliebe,« sagte der Maler leise zu dem Director. »Dies ist bewundernswürdig! Noch nie ist es einem Modell von Profession gelungen, eine solche, gleichzeitig durch ihre Anmuth und Einfachheit entzückende Haltung anzunehmen.«

»Wollen Sie, daß ich zwei Aufseher rufe, Herr Doyen,« antwortete der Director, »und daß ich denselben befehle, Nummer 913 mit Gewalt in dieser Stellung zu halten, so lange es Ihnen beliebt?«

Der Maler konnte es kaum über sich gewinnen, nicht die Achseln zu zucken.

»Ich danke für Ihren guten Willen,« entgegnete er ironisch lächelnd, »aber dieses Mittel würde nichts taugen.«

Nachdem die Staffelei, die Leinwand und der Feldstuhl zurechtgestellt waren, setzte sich der Künstler, nahm Palette und Pinsel zur Hand und machte sich mit Enthusiasmus an die Arbeit. Nach Verlauf von drei Stunden hatte er eine prachtvolle Skizze fertig, die an Kunstwerth Alles übertraf, was er bis jetzt producirt. Dadurch, daß er genau die Natur copirte, und ohne daß er zu idealisiren brauchte, lieferte er ein ganz außergewöhnliches Werk.

Der Director, welcher durchaus unfähig war, das Verdienst eines solchen Gemäldes zu begreifen und zu würdigen, dennoch aber fortfuhr, so gut er konnte, bei dem so hoch in Gunst stehenden Maler die Höflingsrolle zu spielen, war überschwänglich und unerschöpflich in seinen Lobsprüchen, obschon dieselben fast allemal das Unrichtige trafen. Ganz besonders gerieth er, und zwar ganz aufrichtig, über die Aehnlichkeit in Extase.

»Ha!« rief er, »wie ist das? Man sollte meinen, diese großen Augen sähen Einen wirklich an. Man möchte darauf schwören, daß dieser Mund im Begriff stehe, zu sprechen. Welch' ein Talent, Herr Doyen — welches Genie!«

Ermüdet durch seine angestrengte Arbeit, ermüdet ganz besonders durch diese abgedroschenen Lobsprüche, welche der Künstler ebenso sehr verachtet, als er die Bewunderung eines aufgeklärten und überzeugten Gönners zu würdigen weiß, hob Doyen die Sitzung auf und verschob die Fortsetzung der so gut begonnenen Arbeit auf den nächstfolgenden Tag.

Am dritten Tage beendete der Günstling der Gräfin Dubarry sein Werk und legte die letzte Hand an eine unvergleichlich schöne, der größten und berühmtesten Meister würdige Studie, welche Doyen einen weit höheren Rang anweisen zu müssen schien, als welchen er unter dem Siebengestirn der Maler des achtzehnten Jahrhunderts wirklich einnimmt.

Unglücklicherweise ward das Gemälde, zu welchem diese Studie ihm dienen sollte, niemals gefertigt. Wie viele Meisterwerke, die nur erzeugt zu werden brauchten, aber nicht erzeugt worden sind, könnte man in der Geschichte der Malerei aller Zeiten zählen!

Der Künstler verließ die Salpetrière, um nicht wieder dahin zurückzukehren, nachdem er die arme Wahnsinnige nochmals dem Wohlwollen des Directors empfohlen und nachdem er dem grimmigen Aufseher eine Summe von fünfundzwanzig Louisd'or zugestellt — zehn für ihn selbst und die fünfzehn andern, um einige erleichternde Genüsse für die rührende Ophelia möglich zu machen, die unter Nummer 913 eingeschrieben stand.

»Was gut zu nehmen ist, das ist auch gut zu behalten,« sagte Tabareau heimtückisch zu sich selbst, indem er die Goldstücke einsteckte. »Der Teufel soll mich holen, wenn ich so dumm bin, von diesem schönen Gelde zum Nutzen dieses Geschöpfes auch nur fünf Sous auszugeben. Uebrigens bedürfen die Wahnsinnigen auch nichts. Sie bekommen hier Kost und Logis umsonst und ich für meinen Theil rechne ihnen für die kalten Bäder und Peitschenhiebe auch nichts an. Die rechte Mildthätigkeit fängt im eigenen Hause

an. Die fünfundzwanzig Louis'or kommen nicht wieder
an's Tageslicht.«

In das große prachtvolle Atelier seines Hotels in
der Rue Plâtrière zurückgekehrt, ließ Doyen die Studie,
welche er soeben gefertigt, auf eine mit Purpur überdeckte
Staffelei stellen. Dieser Staffelei setzte er sich gegenüber
und betrachtete sein Werk lange, indem er mit lobenswür=
diger Selbstkritik nach Fehlern suchte, die nicht vorhanden
waren, und indem er ganz besonders fortfuhr, sein Gedächt=
niß zu quälen, wie er schon seit drei Tagen that, indem er
ihm befahl, eine ungreifbare Erinnerung heraufzubeschwören
und ihm zu sagen, an welchem Orte und zu welcher Zeit
er schon, wenn auch nicht das Gesicht der Wahnsinnigen
selbst, doch wenigstens ein beinahe ähnliches gesehen.

Plötzlich zuckte der Maler zusammen, und in dem Tone
eines Menschen, der endlich von einer unerträglichen Qual
erlöst ist, rief er wie Archimedes:

»Endlich! — endlich! — ich hab's gefunden!«

Und dies war auch in der That so.

Das störige Behältniß hatte sich geöffnet — es war
plötzlich licht geworden — Doyen erinnerte sich.

»Ja,« fuhr er so laut sprechend fort, als ob er einen
unsichtbaren Zuhörer vor sich gehabt hätte, »ja, so ist es.
Das von mir copirte Medaillon, jenes Medaillon des Mar=
quis René von Rieux zeigte den Kopf eines jungen Mäd=
chens von nicht weniger reiner und idealer Schönheit. —
Es waren dieselben Züge — dieselben Augen — dieselbe
offene keusche Stirn, von langem schwarzen Haar umrahmt
— der Blick aber war nicht derselbe — der Ausdruck des
Gesichtes war verschieden und dies war es eben, was mein Ge=

dächtniß untreu machte — seltsame, wunderbare Aehnlichkeit — zwei Zwillingsschwestern würden ein weniger auf-
fallendes Beispiel darbieten! — Uebrigens ist es eine ver-
hängnißvolle Aehnlichkeit, eine verderbliche Schönheit, welche
diesen vollkommenen Werken des großen Künstlers, den
man den guten Gott nennt, sicherlich Unglück gebracht hat.
Sie waren beide jung — die eine ohne Zweifel reich und
vornehm und sicherlich glücklich, denn sie ward von dem
vollendetsten Cavalier geliebt, den ich kenne. Alles lächelte
ihr im Leben — sie wandelte auf Blumen. Aber plötzlich
ward ihren Füßen der Boden entzogen — sie starb — sie
starb, indem sie auch René das Herz brach. Die Andere
war ebenso jung, ebenso schön, vielleicht ebenso geliebt. —
Welch' ein grausamer Donnerschlag hat dies Alles zer-
schmettert! Das Schicksal dieser Letztern ist noch furchtbarer!
— Sie lebt, aber sie ist wahnsinnig.«

Doyen fühlte, wie sich ihm das Herz zusammen-
schnürte. Er stützte die Ellbogen auf die Knie, bedeckte das
Gesicht mit den Händen und zwei große Thränen rannen
ihm über die bleichen Wangen herab.

Als diese unwillkürliche und gewaltige Gemüthsbewegung sich wieder gelegt hatte, erhob sich der Künstler, indem
er bei sich selbst sagte:

»Der Anblick dieser Studie thut mir weh — morgen
werde ich sie mit einem Flor bedecken.«

Sechzehntes Capitel.

Die Bettlerin.

Unsere Leser werden sich erinnern, daß bei der letzten nächtlichen Unterredung des Marquis René von Rieux mit Dagobert und Goldknopf beschlossen worden war, daß das gefährliche Unternehmen, dessen Zweck war, sich in das Teufelshotel einzuschleichen und die Baronin von Kerjean zu entführen, im Laufe der zweiten Nacht nach der damals beginnenden stattfinden sollte. René und sein Kammerdiener sollten die beiden Banditen um Mitternacht in der Rue Tombe Issoire, der kleinen Thür der Einhegung gegenüber treffen.

»Werde ich Euch bis dahin noch einmal sehen?« hatte der Marquis den Zwerg gefragt.

»Nein,« hatte letzterer geantwortet, »es müßte denn ein unvorhergesehenes Hinderniß eintreten, von welchem wir Sie, Herr Marquis, in Kenntniß setzen müßten.«

Von dieser Unterredung an waren die Minuten für Herrn von Rieux mit einer Langsamkeit vergangen, die ihn fast zur Verzweiflung gebracht hätte. Er brannte vor Begier zu handeln und zitterte bei dem Gedanken, daß irgend ein Hinderniß im entscheidenden Augenblick auftauchen und Alles in Frage stellen könnte.

So wie die Stunden vergingen, stieg die Unruhe, ja wir könnten fast sagen die Angst des Marquis immer höher.

Bei dem geringsten Geräusch zuckte er zusammen. Es war ihm, als ob eine Botschaft von Dagobert eintreffen und ihn wieder in die Ungewißheit und Erwartung versetzen würde, die er nicht mehr den Muth hatte länger zu ertragen.

Am zweiten Tage gegen vier Uhr Nachmittags stieg diese überreizte Ungeduld, dieses Fieber, auf eine solche Höhe, daß er, nicht im Stande, ruhig auf einer Stelle zu bleiben, den Pavillon verließ und mit großen Schritten und ohne ein bestimmtes Ziel in den Straßen von Paris umherzuwandern begann, unbekümmert um die Gefahren, die ihm drohen konnten, und ohne seiner Erkennung durch eine andere Vorsichtsmaßregel vorzubeugen, als daß er einen der Zipfel des weiten Mantels, in welchen er sich hüllte, über einen Theil seines Gesichts hinwegzog.

Diese rasche Promenade ohne bestimmtes Ziel brachte eine ganz vortreffliche Wirkung hervor. Sie half Herrn von Rieux seine Ungeduld beschwichtigen und gab ihm wenigstens zum Theil jene moralische Ruhe zurück, deren er so sehr bedurfte und die ihm gleichwohl so vollständig mangelte.

Die Dämmerung war auf den Tag gefolgt und die Nacht folgte auf die Dämmerung, als unser Held, der einige Ermüdung zu fühlen begann, sich entschloß, wieder nach seiner Wohnung zurückzukehren. Er blieb eine Secunde lang stehen und sah sich um, um sich zu orientiren, denn er hatte bis jetzt nicht im mindesten darauf geachtet, nach welchem Punkte er seine Schritte gelenkt. Der Zufall hatte erlaubt, daß er, anstatt in gerader Linie immer weiter zu gehen, einen ungeheuren Kreis beschrieb, von welchem die Rue de la Cerisaie beinahe den Mittelpunkt bildete.

In diesem Augenblicke befand er sich auf dem Quai Saint-Paul, dem kleinen Hotel gegenüber, welches der Baron von Kerjean vor seiner Verheiratung und vor dem Ankaufe des Teufelshotels bewohnte.

René erkannte auf den ersten Blick dieses Haus, in welchem er seinen Nebenbuhler gefordert und die Bedingungen eines Zweikampfes angenommen hatte, welcher mit einem Meuchelmorde enden sollte.

Eine Flut von Haß und Zorn erfüllte die Seele des Marquis. Ohne es zu wollen, vielleicht ohne es zu wissen, hob er die Hand wie zum Fluche empor und machte diesem verhaßten Hause eine drohende Geberde.

»Baron von Kerjean,« murmelte er, »bald werden wir uns von Angesicht zu Angesicht wieder sehen, und wenn Gott gerecht ist, so wird er mich an Dir Vergeltung üben lassen.«

Er wollte weitergehen, in diesem Augenblick aber ward seine Aufmerksamkeit durch ein Aechzen erregt, welches sich ganz in seiner Nähe hören ließ.

Der Schein einer in einiger Entfernung hängenden Laterne, welche man so eben angezündet, drang kaum bis zu der Stelle, wo der Marquis stand. Nichtsdestoweniger schaute er forschend in die Dunkelheit hinein und glaubte undeutlich eine menschliche Gestalt zu erkennen, welche am Fuße der niedrigen Mauer kauerte, die sich längs des Seineufers hinzog.

René näherte sich dieser Gestalt und ein abermaliges Aechzen schlug noch schmerzlicher, noch herzzerreißender als das erste Mal an sein Ohr.

»Wer seid Ihr?« fragte er.

»Ich bin ein Weib,« antwortete eine gebrochene Stimme.

»Was macht Ihr hier?«

»Ich erwarte und rufe den Tod, aber er kommt nicht.«

»Arme Frau, euer Leiden muß groß sein, da es Euch solche Worte auspreßt.«

»Ja, ich leide furchtbar.«

»Woran?«

»An dem grausamsten und schrecklichsten aller Uebel — an Hunger!«

Ueberrascht und erschrocken glaubte René anfangs nicht recht gehört zu haben.

»An Hunger!« rief er; »ist es möglich? Habe ich recht verstanden? Der Hunger hat Euch so dem Tode nahegebracht?«

»Ja,« murmelte die Unbekannte.

»Aber dann seid Ihr gerettet, denn ich bin bereit, Euch beizustehen.«

»Was könnte es nützen? Wenn Sie mir auch heute beistehen, müßte ich dann morgen nicht immer wieder jenem tiefen, endlosen Elend verfallen, welches mich zermalmt? Ich bin es müde, die Hand auszustrecken — das Brod der öffentlichen Mildthätigkeit schmeckt zu bitter. Besser ist es, mein Leben nimmt sofort ein Ende. Gehen Sie daher Ihres Weges weiter, mein Herr, und lassen Sie mich in Frieden sterben.«

»Nein, nein,« entgegnete der Marquis rasch. »Ich werde nicht meines Weges gehen — ich werde Euch nicht verlassen — ich werde Euch nicht sterben lassen. — Wenn Gott mich Euch heute Abend hat begegnen lassen, so ist es geschehen, weil er mit euren Leiden Erbarmen hat und dieselben lindern will. Faßt wieder Muth, arme Frau, denn ich werde für Euch sorgen. Eure schlimmen Tage sind vorüber — ich werde eure Existenz sichern — es soll Euch hinfort an nichts mehr fehlen. Ich bin reich, sehr reich und ich kann hiernieden nur noch dadurch ein wenig Glück finden, daß ich Glückliche um mich herum schaffe.«

»Wie!« stammelte die Bettlerin mit dem Ausdruck des Erstaunens und des Mißtrauens, „ein solches Mitleid, eine solche Mildthätigkeit gegen eine Unbekannte —«

»Eine Unbekannte, sagt Ihr?« unterbrach sie René. »Was kommt darauf an? Brauche ich wohl zu wissen, wer Ihr seid? Ihr leidet — dies ist genug — und meine Pflicht beginnt. Uebrigens werde ich Euch die Wohlthaten, von welchen Ihr sprecht, nicht umsonst erzeigen. Ich werde dagegen etwas von Euch verlangen.«

»Was denn? Was kann ich geben, ich, die ich auf der Welt nichts besitze?«

»Euer Gebet.«

»Mein Gebet,« wiederholte die Bettlerin mit seltsamer Ironie, während ein kaum bemerkbares höhnisches Lächeln ihre Lippen umspielte. »O, wenn es weiter nichts bedarf, um Sie zufriedenzustellen, so werde ich sehr gern für Sie beten.« Dann setzte sie leiser hinzu: »Ich werde zu Gott beten, wenn Sie es wünschen — ich werde zum Teufel beten, wenn Sie an ihn glauben.«

René hörte diese letzteren Worte nicht.

»Vor allen Dingen, arme Frau,« hob er an, »muß ich Euch aufs Schnellste von der Marter befreien, welche Ihr jetzt erduldet — ich muß euren Hunger stillen. Kennet

Ihr vielleicht eine Herberge oder ein Wirthshaus in der Umgebung dieses Ortes hier?«

»Ich weiß nicht einmal wo wir sind. Nachdem ich lange gegangen bin, sind die Kräfte mir untreu geworden — meine Knie knickten unter mir — ich sank hier nieder und ohne Sie wäre ich gestorben.«

»Wohlan, wir wollen gemeinschaftlich suchen. Könnt Ihr einige Augenblicke gehen?«

»Ich glaube es nicht!«

»Könnt Ihr Euch wenigstens auf den Füßen hal= ten?«

»Ich bezweifle es.«

»Wohlan, ich werde Euch führen — ich werde Euch tragen, wenn es sein muß — reicht mir eure Hände — fasset die meinigen und steht auf.«

Die Bettlerin gehorchte mechanisch René's Aufforde= rung. Ihre beiden Hände klammerten sich an die des jun= gen Mannes und mit einer gewaltigen Anstrengung gelang es ihr sich aufzurichten. Dennoch war ihre Schwäche so groß, daß sie ohne René's kräftigen Beistand sofort wie= der zusammengesunken wäre.

Der Marquis wich mit jener unermeßlichen Menschen= liebe, von welcher er erfüllt war, mit jenem tiefen Mit= leid, welches sein eigenes Unglück ihm gegen jedes fremde einflößte, nicht vor den peinlichen Folgen seiner guten That zurück und mit wahrhaftem Muth — denn die Berüh= rung einer Bettlerin mußte seine aristokratischen Instincte im höchsten Grade verletzen — legte er einen seiner Arme um die Schultern der Unbekannten und stützte ihren wan=

kenden Gang wie ein frommer Sohn, welcher die unsichern Schritte seiner alten Mutter leitet.

So gingen beide außerordentlich langsam, kamen aber dennoch vorwärts. Noch einige Secunden und sie hatten den von der Laterne geworfenen schwankenden Lichtkreis erreicht.

»Nach dem Ton eurer Stimme zu urtheilen, arme Frau,« hob René wieder an, »sollte ich meinen, Ihr wäret noch jung. Täusche ich mich?«

»Ich habe kein Alter,« antwortete die Bettlerin kurz.

René fuhr fort:

»Wollt Ihr damit sagen, Ihr wüßtet nicht, wie alt Ihr seid?«

»Verstehen Sie es so, wenn Sie wollen, und neh= men Sie an, daß ich hundert Jahre zähle.«

Die Laterne begann die Finsterniß ein wenig zu zer= streuen. Der Marquis senkte seine Blicke auf die Bettlerin, und machte eine Geberde der Ueberraschung, als er be= merkte, daß eine Kapuze von grobem Stoffe den Kopf sei= ner Begleiterin bedeckte.

»Warum tragt Ihr diese dichte Leinwand?« fragte er.

»Weil,« antwortete sie, »mein Gesicht, so muthig und entschlossen Sie auch sein mögen, Ihnen Furcht einjagen würde.«

»Es würde vielleicht Mitleid in mir erwecken, sicher= lich aber keine Furcht.«

»Glauben Sie?«

»O, ich bin dessen gewiß.«

„Nun, dann sehen Sie mich an, und dann wird sich zeigen, ob Sie nicht zittern."

Während die Bettlerin dies sagte, machte sie einen ihrer Arme los, hob ihre Kapuze und wendete sich nach dem Marquis herum. Die Laterne beleuchtete gleichzeitig das furchtbar entstellte Gesicht Perinens und die edlen, bleichen Züge René's.

Die Goule und der Marineofficier schienen Beide gleichzeitig von einem furchtbar electrischen Schlage getroffen zu werden. Beide zuckten zusammen. René konnte einen Ausruf des Entsetzens nicht unterdrücken, während den verstümmelten Lippen der Goule sich ein Ruf der Ueberraschung entrang.

„Der Marquis von Rieux," murmelte sie dann mit einem unbeschreiblichen Ausdrucke. „Er ist es — es ist der Marquis von Rieux — ja er ist es wirklich!"

„Ihr kennt mich?" rief der Marquis erstaunt.

„Ob ich Sie kenne? Ja, und ich suchte Sie, Herr Marquis, ich suchte Sie seit vielen Tagen und ich schleppte mein erbärmliches Leben nur in der fortwährend getäuschten Hoffnung dahin, endlich Ihnen zu begegnen."

„Ihr suchtet mich," wiederholte René, und konnte kaum seinen Sinnen trauen, so seltsam und unmöglich schien ihm Alles zu sein, was er hörte.

„Ja, ich suchte Sie," fuhr die Goule mit Begeisterung fort; „ich suchte Sie, wie die verzweifelte Mutter ihr verlorenes Kind sucht — ich rief Sie, ich erwartete Sie, wie der zum Tode Verurtheilte die Gnade ruft und erwartet, welche ihm Leben und Freiheit schenken soll, und in dem Augenblicke, wo meine letzte Hoffnung entschwunden

*

war, in der Stunde, wo ich beschlossen hatte, zu sterben, in diesem Augenblicke, in dieser Stunde erschienen Sie mir plötzlich. Es ist kein Zufall, sondern ein Wunder. Ich zweifelte an Dir, Herr, mein Gott — ich spottete Deines heiligen Namens — ich lästerte deine Macht — Unsinnige, die ich war! Herr, verzeihe mir! Meine Augen sind geöffnet — ich tappte in Finsterniß, aber plötzlich ist Licht geworden. Ich glaube an Dich! ich bete Dich an und ich danke Dir auf meinen Knien!«

Indem Perine mit glühender Extase, mit unaussprechlicher Trunkenheit diese Worte sprach, ließ sie René's Arm, auf welchen sie sich bis jetzt gestützt, los, und sank wirklich auf die Knie nieder. Sie hob die Hände gen Himmel und murmelte mit gebrochener Stimme ein unverständliches Dankgebet.

»Dieses Weib ist wahnsinnig, das läßt sich nicht bezweifeln,« sagte der Marquis bei sich selbst.

Perine hörte diese Worte nicht, aber sie errieth, was in den Gedanken des jungen Mannes vorging. Sie schüttelte den Kopf und antwortete, als ob der Marquis laut gesprochen hätte:

»Nein, nein, ich bin nicht wahnsinnig, und Sie sollen bald den Beweis sehen.«

»Soll ich Euch aufstehen helfen, arme Frau?«

»Mir aufstehen helfen, Herr Marquis? Wozu? Ich bedarf keiner Hilfe mehr. Alles Leiden ist vorüber, jede Schwäche ist verschwunden — ich bin jetzt stark und kann allein gehen. — Sehen Sie — schauen Sie her!«

Und in der That richtete Perine, die noch wenige Minuten vorher so vollständig vernichtet zu sein schien, sich mit förmlicher jugendlicher Leichtigkeit und Elasticität auf und stand fest und gerade neben dem Marquis.

»Ich weiß nicht, ob ich schlafe oder wache!« rief Letzterer. »Ist es Wirklichkeit? Ist es Traum? Ich sehe, aber ich kann nicht begreifen und kaum kann ich's glauben.«

»Herr Marquis,« entgegnete die Goule, »Alles, was Ihnen unbegreiflich scheint, wird Ihnen sofort erklärt werden.«

»Vor nur einem Augenblicke waret Ihr wie vernichtet und dem Tode nahe,« fuhr René fort. »Wie kommt es, daß Ihr plötzlich wieder Kraft und Leben besitzt?«

»Ihre Nähe ist hinreichend gewesen, dieses Wunder zu wirken.«

»Dann ist es also wirklich wahr? Ihr suchtet mich?«

»Es ist so wahr, daß ich sterben wollte, weil ich Sie nicht fand.«

»Was wollt Ihr denn von mir?«

»Ich will Ihnen zwei Güter schenken, oder vielmehr wiedergeben, zwei Güter, welche die kostbarsten dieser Welt sind und ohne mich für Sie auf immer verloren sein würden.«

»Was für Güter meint Ihr?

»Die Rache und die Liebe!«

René schüttelte sanft den Kopf.

»Weib,« murmelte er, »Ihr wollt mich täuschen, oder Ihr täuscht Euch selbst. Auf der ganzen Erde gibt es nur einen Mann, an welchem ich mich zu rächen wünsche, und nur ein Weib, welches ich lieben kann, aber Ihr kennt weder den Einen noch die Andere.«

»Marquis von Rieux,« rief die Goule, »wenn Eines

von uns Beiden sich täuscht, so sind Sie es, aber nicht ich. Hören Sie und zweifeln Sie dann noch: der Mann, den ich Ihnen in die Hände liefern werde, heißt Baron von Kerjean; das Weib, dessen Liebe ich Ihnen wiederschenken werde, heißt Jane von Simeuse!«

Ende des zweiten Theiles.

Druck und Papier von Leopold Sommer in Wien.